KB075748

고요함 동물

고요함 동물

박솔뫼 소설

차례

1장

나의 방에서 이런 일이 벌어졌다. 고양이 차미는 탐정이 되기로 하였다. 고양이 차미가 탐정이 되었다는 이야기는 차미를 아는 사람들에게는 놀라움을 불러일으켰다. 하지만 그들 모두 마음속으로는 그래 일어날 일이 일어났구나, 재능은 꽃피울 수밖에 없구나라고 생각하였다. 차미를 아는 사람들은 몇 되지 않았다. 차미를 아는 사람 중 내가 아는 사람은 그보다 적었으니 실제로 차미가 탐정이 된 사실에 대한 반응은 생각보다 다양할지도 모른다. 그리고 차미를 아는 고양이, 차미를 알고 나를 모르고 차미를 알고 내가 모르는 고양이들. 그들은 모두 무슨 생각을 할까?

차미가 탐정이 되기로 결심하기 전 그는 이미 여러 문제를 해결하였다. 탐정이 무언가를 해결하는 직업은 아닐지라도 말이다. 그중 특별히 기억이 나는 것은 '거북이 새해' 사건이다.

새해가 오기 전 12월 몇주간의 시간들. 올해도 나름의 눈물과 기쁨이 함께한 시간들이었는데 이럴 때 어떻게 새해를 맞이해야 할까요? 방 청소를 하는 것이 좋다고 생각한다. 그리고 안 입는 옷들을 정리하고 방을 닦고 12월의 남은 시간들을 조용히 차분하게 보내야겠다는 생각을 하는 것이다. 그와 함께 일주일에 두어번은 산책을 하는 것이 좋을 것이다. 걷다보면 그럼에도 올해 이런 좋은 일이 있었지, 내년엔 마음을 먹고 달리기를 시작해보는 것이 어떨까 같은 생각을 하는 것이다. 그런 것들을 하다 1월 1일에는 목욕탕에 가 묵은 때를 벗겨내고 무언가 정리된 몸과 마음가짐을 결심해보는 것도 좋을 것이다. 가치관에 따라서는 토정비결을 보러 가는 방법도 있을 것이다. 이것은 당신이 점을 보는 사람인가 점을 보지 않는 사람인가 점을 전혀 믿지 않는다고 말하며 유명한 점집을 찾아다니는 사람인가 점을 믿는다고 말하며 신문 귀퉁이에 나오는 ○○띠의 □□해 운세를 보고 그걸로 만족해버리는 사람인가에 따라 다를 것이다. 나는 마지막이었는데 그런 생각을 하며 낮잠이 든 주말이었다. 이미 낮잠이라고 말할 수 없는 시간이었을까? 아무튼 오후 6시쯤 깨어나 꿈속에서 아직은 밀려나지 않았다는 것을 느끼며 꿈에서 가져온 몇가지 말들을 생각해보았다. 나는 죽과 방과 많은 거북이들에 대해 이십분쯤 더 생각하다가 손으로 얼굴을 비비며 일어났다.

꿈속의 나는 거북이로 죽을 끓여 먹었다. 그리고 여러 마리의 아마 스무마리쯤 되는 거북이가 우리집을 돌아다녔다. 그때 나의 집은 지금 내가 살고 있는 집이 아니라 시은 지 십년이 넘지 않은 깨끗한 소형 아파트였다. 정확히 아파트였는지까지 기억나는 것은 아니다. 깨끗한 창틀과

오트밀 색의 소파와 그에 어울리는 색의 벽지가 기억이 난다. 집에 아주 작은 거북이가 스무마리쯤 나타나 돌아다니는 것은 어떤 상황일까? 꿈의 나는 그것이 당연히 달갑지 않았고 신경이 쓰였지만 그렇다고 소리를 지르고 어쩔 줄을 몰라하는 정도로 괴로워하는 것은 아니었다. 약간 곤란해 하는 우아한 얼굴의 꿈의 나. 꿈의 많은 일들이 그러하듯 또다른 장면과 전개가 이어졌고 나는 나의 친구를 만나 사정을 말한다. 나의 상황과 미래, 거북이와 관련된 것들, 거북이와 무관한 것들. 그리고 그 거북이가 그 거북이는 아니지만 어쩌면 몇은 겹치겠지만 거북이를 고아서 죽을 해 먹는다. 이 모든 것이 순서대로 일어난 일은 아니다. 나는 꿈을 여러차례 반복해보았지만 그 순서를 기억할 수는 없었다. 꿈의 마지막 자락에서 눈을 뜬 나는 거북이를 먹는 것과 갖고 싶은 집과 손바닥만 한 거북이들이 선명하여 거북이를 먹는 것과 거북이가 집에 들어오는 것 거북이를 먹는 것과 거북이가 집에 들어오는 것을 속으로 반복하다가 잠에서 깼다.

나는 이 꿈에 대해 알아보아야겠다고 생각했다. 아마도

점을 보지 않을 것이고 1월 1일에 목욕탕에 가지는 않을 테지만 꿈해설가에게 이 꿈에 대해서는 물어보아야겠다고 생각하였다.

'거북이를 먹는 것. 거북이를 해치는 것. 거북이가 집으로 들어오는 것.'

나는 꿈해설가에게 나의 꿈에 대해 물었다. 꿈해설가는 거북이는 장수와 복의 상징이기 때문에 거북이가 집으로 들어오는 것은 길하다고 말한다. 심지어 거북이를 먹는 것도 좋은 꿈이라고 한다. 거북이를 먹으려면 거북이를 죽여야 하는데 거북이를 죽이는 것은 무슨 의미인가? 길하고 귀한 거북이를 죽이는 꿈은 당연히 불길하다. 해를 가져올지도 모르는 꿈인 것이다. 꿈과 꿈이 부딪힐 때 길과 흉이 교차할 때 그것은 좋은 것이야 안 좋은 것이야 아니면 우리가 쉽게 넘겨버리듯이 더하고 뺀 것을 합하여 0인 것이야? 거북이를 죽여서 가져오는 불길함은 거북이가 집으로 들어오는 길함으로 덮을 수 있을까? 그렇지 않다면 그 모든 것은 이것은 저것으로 덮고 덮은 것은 다시 파헤치고 파헤친 것은 다시 흙을 덮는 식으로 꼬리를 물고 반복되는 것일까?

그 꿈에 대해 오래도록 고민한 것은 아니었다. 그날 잠이 들 때까지는 계속 생각이 났다. 또한 강렬했기 때문에 일기에 써두긴 하였다. 거북이가 등장하여 죽이 되고 그 죽은 너무나 평범한 죽의 형태였고 구체적으로 말하면 전복 내장이 들어간 전복죽처럼 약간 녹색빛을 띤 죽이었고 작은 거북이가 태엽을 감은 장난감처럼 방 안을 돌아다니는 일에 대해서. 깔끔하고 아늑한 갖고 싶은 집에 거북이가 스무마리쯤 돌아다녀야 한다면 그것이 당신의 숙명이라면 그 숙명을 받아들여야 하는지, 그것은 숙명까지 갈 필요는 없는 그럭저럭 좋은 제안인지 아니면 거절해야 할 귀찮은 조건인지에 대한 나의 고민에 대해서.

어쩌면 세상에 암시는 없을지도 모른다. 암시가 없고 지금 있는 일만을 그대로 받아들이고 논리적으로 계획을 하며 살아가는 세계가 있을 것이다. 그 세계에서 나는 로또 1등에 당첨되어 서울 시내 소형 아파트를 구입하고 평판이 괜찮은 인테리어 업자를 고용해 내부 인테리어를 마친 후 그곳에서 살아간다. 로또가 아니라 먼 친척의 유산이어도 된다. 그곳에서는 거북이 스무마리가 갑자기 나타나지는 않는다. 그런데 거북이 스무마리가 나타난다면? 정신을 가다듬고 스무마리를 잡아 큰 수족관에 일단 넣고 방 안 청소를 다시 하거나 심부름센터에 의뢰해 번거로운 일을 맡겨버릴 수도 있을 것이다. 그 세계에서는 갑자기 나타난 거북이가 나의 로또 당첨에 따라온, 치러야 할 숙제로 여겨지지는 않을 것이다. 혹은 두번째 산 로또에 또 당첨되거나 향후 별 탈 없는 건강한 인생을 암시하는 상징으로 여겨지지도 않을 것이다. 하지만 나는 꿈속의 나를 나처럼 여기지도 않았고 마치 영화를 보듯이 삶을 잘 이해하고 있듯이 이 사람이 거북이를 어떻게 대하고 해결해야 할까, 거북이는 ×××에 대한 암시일 거야,라고 조금은 차분한 마음으로 나의 꿈을 바라보고 있었다.

차미가 남다르다고 생각하게 된 계기는 여러차례 있었다. 그것을 확실히 느끼게 된 때가 바로 이 날이었다. 일기를 쓰고 뒤를 돌아 차미에게 꿈을 설명했다. 어떨 때 차미는 화난 얼굴이었고 어떨 때는 기쁜 얼굴, 자다 일어나면 졸린 얼굴이었고 어떨 때는 눈이 평소보다 더 크게 동그래져 있었고 대부분은 무슨 생각을 하는지 짐작할 수 없는 얼굴이었다. 나는 차미를 보다보면 차미가 묻지도 않았는데 내가 먼저 나의 고민이나 요즘의 생각들을 이야기하게 된다.

미----------------

나를 부르는 차미. 나는 침대 위의 차미에게로 가 꿈해설가가 들려준 이야기를 마저 하였다. 차미는 내 머리를 잡고 내 머리카락을 잡아 뜯었다. 한참을 뜯다가 머리카락을 조금 씹다가 침대로 내려와 내게 말했다. 차미가 들려준 해법은 다음과 같았다. 나는 그 해법을 일기에 옮겨 쓰고 씻고 잠이 들었다.

이것이 바로 탐정 고양이 차미가 해결한 첫번째 사건

이다.

🐾 사건 1

꿈에서 거북이를 죽여서 거북이 죽을 끓여 먹었습니다. 거북이가 나의 집으로 여러마리 들어왔습니다. 어떤 사람은 흉한 징조라고 하고 어떤 사람은 길한 징조라고 하는데요. 그럴 때 꿈의 의미는 어떻게 해석해야 할까요?

→ 어떤 여성의 집에서 알 수 없는 메모가 발견되었습니다. 거북이 그림과 ×20이라고 쓰여져 있었습니다. 그 여성은 범죄를 저지르지도 사건에 연루되었다는 뚜렷한 증거도 없었기 때문에 경찰이 그 여성의 집을 수사할 조건이 없었습니다. 그러나 탐정은 그 사람의 주변을 탐색하였습니다. 여자의 옷 냄새를 맡고 여자의 소지품을 확인하였습니다. 이유는 그 여성이 어떤 중요한 사람의 친구였고 그 중요한 사람은 어떤 큰 사건의 주요 인물이었기 때문입니다. 탐정은 그 여성의 일기를 한참 들여다보

다가 진상을 깨닫고 조용히 흔적을 지우고 방을 빠져나갔습니다.

그날 나는 차미가 알려준 대로 방 청소를 하고 쓰레기를 버리고 냉장고를 청소하고 계란을 세개나 넣어서 계란죽을 끓여먹었습니다. 꿈속의 거북이는 내가 거북이에 대해 갖는 인상과 이해 그대로였습니다. 나는 거북이에 대해 특별한 인상과 이해가 없다고 해도 좋을 정도만 가지고 있는 사람이었습니다. 내가 넓은 대양 인근에 사는 사람이고 가끔 바다로 밀려오는 바다거북을 본 사람이라면 나의 꿈은 달라졌을 것이다. 나는 내가 이해하고 쌓고 어쩌다보니 쌓여, 쌓인 정보들로 밀려나 떨어진 조각 같은 거북이에 대해 잠깐 생각했다. 실제의 거북이와 다르다고도 같다고도 할 수 없는 내가 만든 거북이. 거북이를 가끔이라도 실제로 보았다면 나는 꿈해설가를 찾아가지도 않았을 것이다. 차미는 나에게 그것을 깨닫게 하였다. 동시에 모든 꿈과 나의 거친 이해들을 전부 새로 배울 수는 없다. 나는 차미를 이해할 수 없지만 이해한다고 치고 있을 것이다. 이해라는 말도 나는 완전히 먹어치우지 못했고 토해내지도 못했고 그렇다고 내가 이해를 제대로 이해하지 못했다고 어제 먹은 것들을 토해서 방바닥에 쏟아부을 수도 없을 것이다. 사람들은 내가 토한 것을 볼 필요가 없다. 나 자신이라고 내가 토한 것을 볼 필요도 이유도 없다. 나는 그래서 토하지 않았다. 차미는 가끔 사료를 급하게 먹어서 토했다. 차미의 토에는 아직 덜 씹힌 사료들이 끈적끈적한 점액과 함께 붙어 있었다. 멀리서 보면 똥 같아. 포도의 형태였다. 토를 하는 것은 괴로운 일이다. 우리 모두 토하지 말았으면 좋겠다고 그것은 할 만한 말이라고 생각했다. 나는 잠이 들고 꿈은 종종 나를 돌돌 싸매고 어딘가로 나를 가져간다. 꿈을 너무 자주 꾸기 때문에 나는 꿈에 관해서 의지를 점점 가지지 않게 되었고 애초에 그 부분에서는 별 의지가 없었다. 꿈을 꾸게 되었고 그것을 받아들인다. 차미도 꿈을 꾼다. 그것을 안다. 차미는 코를 곤다. 나도 코를 골까? 그것은 알 수 없을 것이다. 차미는 그런 사실을 말해주지 않을 것이기 때문이다.

2장

선생님에게 보여드릴 만한 탐정소설을 쓰는 것이 작년 나의 목표 중 하나였다. 나는 하라 료의 사와자키 시리즈와 로렌스 블록의 매튜 스커더 시리즈를 좋아했다. 가장 멋있다고 생각하는 것은 기리노 나쓰오 소설 속 무라노 미로였지만 말이다. 필립 말로도 좋았다. 사와자키에게서는 필립 말로의 흔적이 찾지 않아도 뚜렷하게 드러났지만 사와자키가 사건을 해결한 후 자신의 사무소로 돌아와 담배를 피울 때쯤에 이르면 필립 말로에 대한 생각은 이미 사라지고 없었다. 왜 선생님에게 탐정소설을 써서 보여드리고 싶다고 생각했을까. 나는 탐정소설을 쓰고 싶었는데 "그래. 이제부터 탐정소설을 쓰는 거야!"라고 하면 막막하니 가볍지만 막상 하려고 들면 진지하게 임하지 않을 수 없는 목표를 세우는 편이 낫다고 생각하게 되었고 내게는 그것이 선생님에게 소설을 보여드리기였다. 역시 쓰고 싶다는 막연한 감각만으로는 시작이 쉽지 않겠다고 생각했던 것이다. 그렇게 마음을 먹었지만 여전히 선생님이 읽어줄 만한 그럭저럭 재밌네라고 생각할 만한 탐정소설은 쓰지 못했다. 시작도 하지 못했다고 하는 편이 맞을 것이다. 아무튼 작년에 그런 목표를 가졌다는 것을 줄곧 잊고 있다가 갑자기 맞닥뜨리게 되었는데 친구가 오랜만에 선생님 소식을 전해왔기 때문이었다. 우리는 이 기회에 만나기로 약속을 하였다.

—선생님 퇴직하셨다면서요?

—퇴직은 무슨. 그냥 그만둔 거지.

—그게 퇴직이잖아요. 뭐가 다른데요?

—아니 뭐 정년이 있는 일도 아니고 그냥 좀 다니다 관둔 거지.

함께 만나기로 한 친구를 기다리며 요즘 관심 있는 책들에 대한 이야기를 주고받다가 하라 료의 신간이 몇년 만에 나왔다는 이야기를 하였다. 그는 대표적인 과작 작가였는데 데뷔는 늦었지만 첫 소설 발표 후 열광적인 주목을 받게 된다. 성공적인 데뷔작 이후 발표한 두번째 소설은 그다음 해인가 나왔지만 세번째 작품은 그보다는 좀 더 걸렸고 네번째 작품은 십년이 걸렸다고 한다. 이번에 나온 신작은 네번째 소설에서 십사년이 걸렸고 아마 한국에 번역이 되려면 또 몇년이 걸릴 것이다. 물론 모든 작품이 평단의 주목과 독자들의 지지를 고루 받았음은 더 말할 것 없었다. 하라 료 이야기를 하다가 문득 아 맞아, 뭔가 이전에 사와자키 같은 탐정이 나오는 소설을 쓰고 싶다고 생각했었지 하는 생각이 들었고 내가 잠시 가졌던 목표는 그저 나의 마음속에서만 일어난 일이지만 왠지 아련하고 쓸쓸한 기분이 들었다. 나 자신이 그 목표에서 서서히 멀어져버렸고 그것은 이미 지난 일처럼 여겨졌기 때문이다. 그런 생각을 하며 입을 다물고 천천히 커피를 넘기고 있을 때 선생님이 목소리를 낮추고 이야기를 시작하였다.

—그런데 회사에서 나오기 전 좀 수상한 일이 있었는데.

—수상한 일이요?

—음.

—뭔데요?

—뭐 약간 수상쩍은 일이지.

—수상하다는 게 뭔가 회사에 문제가 있었던 뭐 비리 같은 그런…… 종류의…… 문제예요?

선생님은 주위를 살피다 퇴직한 회사에서 일어난 이야기를 하기 시작했고, 이상한 일이 막 진행되던 차에 친구가 와 인사를 했다. 친구는 늦어서 미안하다고 사과를 했다. 손으로 잠깐만 하는 손짓을 하고 커피를 주문하고 돌아와 내 옆에 앉았다.

—저기 근데 말야. 오는 길에 지하철에서 이상한 일이

있었어.

—이상한 일이라고?

—이상한 걸 봤다고 해야 하나.

나와 선생님은 잠시 눈이 마주쳤고 친구는 상기된 얼굴로 지하철에서 본 이상한 일에 대해서 이야기를 하기 시작했다. 선생님은 왠지 쑥스러운 듯이 웃고 있었고 흠 하고 웃음을 참는 소리를 냈다. 나는 왜 웃으세요?라고 물어보려다 묻지 못하고 왠지 그때부터 친구의 말에 집중을 하지 못한 채 대충 고개를 끄덕이며 이야기를 들을 수밖에 없었다. 차미에게 이야기를 한 두번째 사건은 바로 이 일이었다.

집으로 돌아와 그날 있었던 일들을 기억을 더듬어가며 적어나가기 시작했다. 여러 일이 한번에 일어나서인지 나는 쓰던 페이지가 아니라 새로 페이지를 넘겨 사건들을 정리하였다.

1. 오늘 한 일

오전 9시 기상

오전 10시 샤워 마치고 간단히 빵 먹음. 친구와 선생님과 문자로 장소 정함.

.

.

.

2. 선생님의 사건

.

.

.

3. 친구의 사건

.

.

.

선생님이 겪은 사건에서는 정말 수상한 점들이 많았다. 친구가 지하철에서 본 일은 약간 이상하고 웃기면서 웃을 수만은 없는 일이었다. 그런데 차미야. 선생님은 왜 나를 보고 웃었을까? 나는 이 사건을 하라 료의『내가 죽인 소녀』에 나오는 레스토랑 이름을 따 '엘 구르메' 사건으로 이름을 붙이기로 하였다.

사건 2

같은 날 약속을 한 세 사람. 한 사람은 한달 전 퇴직을 한 50대 중반의 남성이며 나머지 두 사람은 대학 시절 그의 강의를 들은 적이 있다. 나머지 두 사람은 대학 시절부터 절친한 친구 사이이며 최근 몇년간 만나는 횟수는 줄었지만 그럼에도 가까운 사이라 할 수 있을 것이다. 셋이 함께 만나는 것은 몇년 만의 일이며 최근 그는 퇴직 후 시간적 여유가 있어서인지 이전보다 주변 사람들을 많이 만나고 있었다. 그러는 사이에도 그의 마음속에는 짐처럼 어떤 사건이 자리하고 있었다.

그의 직장에서는 그가 퇴직 의사를 전달하고 후임자를 뽑고 인수인계를 진행하던 즈음부터 이상한 일이 벌어지기 시작했다. 그 이상한 일의 전개를 설명하던 중, 그의 강의를 들은 이 중 한명이자 그날 약속에 늦은 사람은 지하철에서 이상한 일을 목격한다. 약속에 늦은 사람이 급하게 뛰어와 자신이 겪은 이상한 일을 두 사람에게 이야기하던 중 그는 의미심장한 표정을 짓는데.

이야기를 듣던 차미는 먀 하더니 잠이 들었다. 팔로 몸을 감싸고 조용히 잠을 자던 차미는 한참 뒤 내게로 와, 이런 일은 하나도 중요하지 않다고 말했다. 나는 이것은 중요한 일은 아니지만 마음에 조금 남는다고 말했다. 그리고 나는 미역국을 끓였다. 멸치볶음도 하였다. 제육볶음도 만들었다. 내가 저녁에 이걸 다 먹을 수 있을까? 다 먹지는 못할 것이다. 남기더라도 조금씩 맛볼 수는 있을 것이다. 선생님이 왜 나를 보고 웃은 걸까, 나는 그에 관해 선생님이 다른 일이 생각나서 혹은 그냥 나와 눈이 마주쳐서 쑥스러워서 아니면 전혀 웃지 않았는데 나 혼자 웃었다고 생각한 경우, 어쩌면 아주 짧게 일초라고도 할 수 없을 정도로 짧게 지나간 어떤 순간을 웃음이나 미소로 내가 인지한 것일지도 모른다고 생각했다. 그러나 그러한 여러 가정들도 얼려둔 볶은 소고기가 녹아가고 미역이 그릇 속에서 붇는 동안 다 잊어버리고 말았다. 차미는 이런 일은 하나도 중요하지 않다고 말했다. 나는 차미의 그릇에 사료를 주었고 음식이 다 만들어지자 그릇에 먹을 만큼만 담아 맛있게 먹었다. 그래도 이 사건의 이름은 '엘구르메'이다. 이게 무슨 뜻인지는 모르지만 구르메는 음식이나 미식 같은 것을 뜻하는 단어 아냐? 차미는 사료를 먹고 챱챱챱 먹고 나는 미역국에 밥을 맛있게 먹는다. 미역국과 김치는 잘 어울린다. 멸치볶음도 맛있고 제육볶음도 맛있다. 나는 꼭꼭 씹어서 맛있게 먹었다.

*

오후 3시 친구 A와 대학 시절 은사 B를 만날 약속을 한 여성 C는 가장 먼저 약속 장소로 도착해서 둘을 기다렸다. B를 만난 시간은 오후 3시 7분이었고 둘은 인사를 하고 커피를 주문한다. 3시 15분 주문한 커피를 받아들고 이야기를 시작한 둘은 30분이 되었을 때…… 셋이 헤어진 후 탐정은 C의 은사인 B의 뒤를 밟아 그가 어떤 사건을 일으킨 주요 인물임을 밝혀낸다. 대체 그는 이 사건의 어디까지 관여한 것일까. 당분간 그의 주변을 좀더 살펴보아야겠다고 생각했다. 이후 탐정은 A의 명함에서 A와 B가 과거 같은 직장에서 근무했음을 깨닫고 자신이 놓친 것이 무엇인지 천천히 되짚어나가기 시작하는데. 그때 탐정은 허리에서 뾰족한 감촉을 느끼고 뒤를 돌아보려 하였으나 등 뒤에서 들려오는, "순순히 차에 타지."

3장

지난여름 나는 다리가 부러져 열흘간 병원에 입원을 했다. 퇴원을 한 후로도 한동안 목발을 짚고 다녀야 했다. 허벅지뼈가 부러진 사람도 무릎뼈가 부러진 사람도, 복숭아뼈가 부러진 경우에도 사람들은 다리가 부러졌다고 애매하고 편리하게 말할 것이다. 때로는 어디가 어떻게 다쳤는지 자세히 호소하고 싶어지기도 하지만 대개의 경우 다치거나 아픈 것에 대해 일일이 설명하는 것이 귀찮고 괴롭기 때문이다. 너는 나의 고통을 모르기 때문에 알아야 하고 나는 그를 위해 천천히 설명해야 하지만 너는 왜 나의 고통을 모르는가? 어째서 절대로 알 수가 없는가? 때로는 나는 다친 일에 대해 절대로 이야기하고 싶지 않고, 다친 일을 제외한 일들 우리가 무얼 마시고 어딘가로 산책을 가고 낮잠을 자는 이야기들을 하고 싶지만 그렇다면 당신은 나의 모든 것을 못 본 척 해야 하는데. 그런 이유로 어디가 다쳤는지를 설명할 때 필연적인 외로움과 고립감을 느꼈다. 다리가 부러진 일로 이렇게 심한 감정적 요동을 겪는 것은 엄살 아닌가 싶고 확실히 그렇다고 말할 수 있지만 다리를 다친 이유에 대해 말하기가 괴로운 것 역시 사실이었다. 그래도 아마 발가락이 다쳤다면 발가락이라고 말할 것 같긴 하다. 아무튼 나는 구체적으로 말하자면 복숭아뼈 부근의 뼈가 부러졌다. 처음 며칠은 집에서도 목발을 사용했으나 목발을 짚을 때마다 침대 밑의 차미가 놀라거나 목발을 때리려고 하였다. 난 그게 힘들고 웃기고, 웃기고 귀여웠다. 목발을 세워두면 바닥에서 차미가 목발을 때려서 목발이 자꾸 쓰러졌다. 목발과 싸우는 차미. 나도 목발과 싸우고 있어. 아니 나는 싸운다고 해야 할까, 사용한다고 해야 할까. 목발에 익숙해지며 내가 우는 모습을 목발 그 자신이 어쩔 수 없이 보고 있으며 우리는 서로의 감각을 기억한다. 왜 몸으로 경험한 대부분의 것들은 시간이 지나도 정확히 기억날까 나는 누워서 그런 생각을 하게 되었다. 자유형을 하며 팔을 뻗어나가는 일은 조금씩이지만 내가 나아감을 알 수 있고 자전거를 탈 때 바람을 맞고 계절을 느끼는 기분. 목발을 처음 사용할 때 손바닥과 겨드랑이의 살갗이 까져 쓰라리고 목발에 익숙해지는 것은 왠지 슬픔과 그러나 스스로 원치 않았지만 강하고 튼튼해지는 기분을 동시에 느끼게 했다. 손바닥에 굳은살이 생겼다. 목발로 한걸음 정도를 짚고 한쪽 발을 지지해 그네 타듯이 몸이 앞으로 스윙 그리고 다시 목발은 앞으로 나간다. 차미 때문이라기보다 내가 귀찮았고 힘이 들었기 때문에 방 안에서는 대부분 바퀴가 달린 의자로 왔다 갔다 하였다. 나는 때리고 싶은 사람들 명단을 작성하였다. 감정이 격해질 때는 때리고를 죽이고로 바꿀까 하는 기분도 들었지만 차분히 생각하면 나는 때리는 정도로 참을 수 있을 것 같았다. 이런 마음을 차미에게 의논할 수는 없었다. 나는 때리지 않을 것이고 언제든 때려도 이상하지 않다는 생각으로 그 사람들을 대할 것이다.

그리고 이러한 과정을 차미에게 의논하지도 않을 것이다. 나는 네명의 이름을 썼고 나머지는 이 사회와 한국의 거리 상황과 그런 거리 상황을 만들어낸 나라와 시스템을 욕했다. 내가 때리고 싶은 사람은 다리가 다친 후 나를 도울 수 있었지만 나를 돕지 않은 사람들이었다. 돕지 않았다는 이유로 그 사람들은 너에게 맞아야 하니? 그건 아니지만 나는 주어를 바꿔 그런 이유로 나는 그 사람들을 때려야 하나?로 바꿔보고 역시 이상하지만 그래도 아까보다는 덜 이상하다는 생각이 들었지만 말도 안 되는 이야기이다. 나는 그 사람들을 때리지는 않을 테지만 무척 때리고 싶고 때리고 싶다고 말할 것이고 때리고 싶다고 써둘 것이다. 내가 좋아하는 다닐 하름스의 짧은 단편에서는 누군가 거리에서 사람들을 향해 "돌을 삼키는 것은 위험해" "돌을 삼키는 것은 위험해" "돌을 삼키는 것은 위험해" 외치고 돌을 삼키는 것은 위험하다는 것을 '돌삼위'라는 말로 줄여서 부른다. 이걸 뭐라고 줄여야 할까, 어떻게 줄여도 돌삼위처럼 들어맞지는 않을 것이다. "다리를 다친 사람을 돕지 않는 자는 때린다(라고 말만 한다)" "다리를 다친 사람을 돕지 않는 자는 때린다" "다리를 다친 사람을 돕지 않는 자는 때린다" 다다때 다다때 다다때.

동네를 돌아다닐 때는 친구가 미리 빌려둔 휠체어에 나를 앉히고 여기저기 데리고 다녀주었다. 집에 돌아오면 방은 언제나 준비된 공기로 이곳이 너의 방임을 알려주었다. 어떻게 방은 언제나 좋을까? 어떻게 방은 늘 방과 같을까? 나는 그 생각을 하면 정말 좋았다. 그외에 했던 생각은 다음과 같다.

🐾 사건 3

깁스걸은. 깁스걸이라는 영화가 있었지만 너무 누군가의 판타지에 복무하는 것 같지 않니. 어쩌면 내가 그런 판타지를 좋아하지 않는다고 단호하게 말할 수 없을지도 모르겠지만 말야. 아무튼 깁스 사람, 아니지 목발 사람은 위기에 처한 사람을 도와줄 때가 있지. 목발 사람은 반지하 원룸에서 화분 열두개를 무럭무럭 자라게 하는 식물왕과 함께 할 일을 한다. 일단 때리고 싶은 네명은 다 때린 목발 사람. 첫번째 사람이 지나갈 때 목발 사람의 목발에서 나사가 스물일곱개 튀어나가서 그 사람을 스물일곱대 때리고 다시 목발 안으로 들어왔다. 목발은 이제 나무로 만들어지지 않고 목발에는 나사가 스물일곱개씩이나 있지 않을 것이지만 말이다. 아무튼 그 사람은 쓰러졌고 삼십분쯤 지나 다시 일어났고 결론적으로 몸에 큰 지장은 없었음을 밝힌다. 식물왕은 그동안 무얼 했냐면 조용히 목발 사람을 응원하며 화분에 물을 주었다. 두번째 사람은 그 사람의 사무실에 식물왕이 화분을 선물했고 화분에서 식물이 팔처럼 뻗어나가 그 사람을 묶었다. 목발 사람은 그 뒤로 가 목발로 그냥 막 때렸다. 두번째 사람은 묶여 있었기 때문에 뒤를 돌아 자신을 때린 사람이 누군지 확인할 수 없었다. 목발 사람은 목발을 쓰면 들킬까봐 엉금엉금 기어서 사무실을 빠져나온 다음에 목발을 사용했다. 복도 멀리서 탁탁 소리가 울렸지만 정신이 없는 두번째 사람은 알아차리지 못했다. 세번째와 네번째는 남들에게 말해선 안 될 것 같으니 잠시 비밀로 해두기로 한다. 당분간은 친구에게라도 이 이야기를 할 수 없을 것이다. 목발 사람이 자신 주변 사람들만 때린 것은 아니다. 여러 나쁜 사람들을 목발에서 튀어나오는 나사와 칼과 금속 팔과 망치들로 때렸다. 깁스를 풀고 목발을 사용하지 않아도 되자 목발을 이용해 사람을 때리는 일을 그만두었다. 그는 평소의 생활로 돌아갔다. 목발을 사용했을 때도 평소처럼 밥을 먹고 씻고 잤다, 평소처럼. 그러나 평소와 같지 않은 방식으로 많은 것들을 했다. 그런데 그는 목발을 이용해 누군가를 더 도와야 하지 않을까요?

당신이 하고 싶을 때 하고 싶은 방법으로 당신이 할 일을 한다.

이것은 차미가 내게 이야기해준 방법이 아니라 내가 알고 있던 것이다. 나는 내가 하고 싶은 일을 할 것이다. 내가 차미에게 의뢰한 문제는 목발 사람에 관한 문제가 아니라 다른 문제였는데 그것은 '방의 비밀'이다. 움직이며 살고 있는 방과 그 방에 사는 사람과 그리고 다른 것들. 그 이야기를 나중에 할 것이다.

4장

방과 자신의 복원.

방은 어떻게 스스로를 복원하는 것일까. 토요일 오전 친구는 나를 휠체어에 태우고 수술을 받은 병원으로 가는 길에 동행했다. 일주일에 한번, 조금 지나서는 이주일에 한번 병원으로 가 뼈 사진을 찍고 현재 상황이 어떤지 검진을 받았다. 엑스레이 결과 아주 좋아요. 좀 어떠세요? 이주 뒤에 오시면 돼요. 반복적인 이야기를 들으며 나의 뼈는 어떻게 조금씩 좋아지고 자라고 있는 걸까 잠깐 생각하다가. 눈이 부셔 쓴 모자의 챙 밑으로, 다리를 다치기 전보다 낮은 시선으로 지나가는 것들을 보았다. 친구와 잠시 쉬며 커피를 마시고 개를 본다. 개들아 안녕. 우리를 방해하는 도로의 턱들과 대충 붙여놓은 보도블록을 지난다. 검진을 마치고 집으로 돌아오면 지쳐서 간단히 씻고 낮잠을 잤다. 낮잠을 자려고 얇은 이불을 덮고 눈을 감으면 쑥쑥 자라는 나의 뼈들. 뼈들은 조금씩 힘을 내어 자라난다. 몸은 하루씩 늙고 그런데 운동을 하거나 기분 좋은 섹스를 하면 노화가 방지된다고 하잖아? 그럴 때 늙는 것을 멈추는 거겠지 하루 더 젊어지는 것이 아니라. 어떨 때는 젊어지기도 할 것 같다는 생각을 하면서 힘을 쓸 일이 없어서 근육이 많이 줄어버린 다친 다리를 생각했다. 다리에 찬 보조대를 빼면 거의 1.5배쯤 차이 나는 양 종아리의 굵기. 하루만큼 늙어가는 몸을 생각하는데 그런데 뼈들은 힘내서 자라고 그것은 젊고 늙음과 관계없는 스스로 뭔가 솟아나는 어떤 것 같다는 생각을 했다.

익숙한 방에 누워 방과 뼈에 대해 생각했다. 현관을 열고 들어오면 나가기 전과 비슷하지만 흐르는 시간에 풀어지고 익숙해져 조금은 달라진 모습이었다. 너는 낮의 햇볕을 받아 조금 변화한 모습이구나 생각하며 침대 위로 올라오면 아니 그렇지 않아 나는 그대로라고 말하고 있는 방. 차미는 조용히 침대 위로 올라와 내 발밑에 몸을 웅크렸다. 뼈는 어떻게 스스로 조금씩 힘을 내어 자라나고 방은 어떤 식으로 스스로를 복원하는가. 나는 그 생각을 했다. 차미는 어느샌가 잠이 들었고 그리하여 방이 복원된 것일까 하는 생각이 들었다.

사건 4

그는 의사로부터 이제 목발을 사용하지 않아도 된다는 이야기를 들었을 때 기쁨을 감출 수 없었다. 발을 딛어보세요. 두달 가까이 쓰지 않은 왼쪽 다리에는 근육이 얼마 남아 있지 않아서 힘이 잘 들어가지 않았다. 갑자기 두 다리로 서자 왼쪽 다리에 부담이 되어 생각처럼 걸음을 옮길 수 없었다. 아주 천천히 절뚝거리며 걸어나갔다. 가까운 거리를 오갈 때 보조대를 풀어도 된다는 허락을 받기까지 이주의 시간이 흘렀다. 이주간 보조대를 차고 출퇴근을 하며 조심스럽게 친구들을 만나러 다녔다. 이후 보조대를 풀고 거리를 오갈 수 있게 되었을 때 그는 기쁨에 가득 차서 동네를 걸어 다녔다. 그때까지 그가 때린 사람은 열일곱명이었다. 언젠가 그에 관해 이야기할 수 있을 때가 올 것이다. "다리를 다친 사람을 돕지 않는 자는 때린다(라고 말만 한다)" "다리를 다친 사람을 돕지 않는 자는 때린다" "다리를 다친 사람을 돕지 않는 자는 때린다" 다다때 다다때 다다때. 하지만 그가 정말 진심으로 생각한 것은 '다리를 다친 나를 돕지 않는 자는 때린다'였다. 나를 돕지 않는 자에게 화를 낸다. 그러다 보면 좋아지는 것이 있을 거라고 그는 생각했다. 그는 보통 그런 식으로 생각을 하는 사람이었다. 할 수 있는 범위에서 무리가 가지 않는 선에서 남의 탓을 했다. 자신을 위한 생각을 많이 했다. 처음에 그는 환희에 차서 동네 마트에 가서 자신이 먹고 싶은 것들을 골라 장을 봤다. 이전에는 친구가 휠체어에 태워 마트에 데려가주면 그는 친구에게 여기 여기 과자 파는데. 저기 고기 파는데. 계란도 집어줘,라고 일일이 부탁을 해야 했다. 그는 다시 한번 친구에게 마음 깊이 감사하게 되었다. 뛰는 가슴으로 마트와 은행과 까페에 오가던 그는 다리 때문에 미뤄두었던 부산 출장을 가고 사촌의 제주도 결혼식에 가고 도쿄 여행에 갔다. 제주도까지는 보조대를 가져갔으나 도쿄 여행 때는 두고 갔다. 어디든 지구 끝까지 가보고 싶다는 마음으로 돌아다니던 그는 물론 실제로는 그렇게 많이 돌아다니지 못했다. 하지만 몇주 전만 해도 이 시간만을 그리며 살아왔음을 떠올리면 가슴이 벅차올랐다. 걷기 두 발로 서 있기 걷기 아직 뛰지는 못하지만 빠르게 걷기를 하며, 그는 자신을 돕지 않은 사람들에 대한 분노의 많은 부분을 빠르게 지워갈 수 있었다. 그러다 그는 예기치 못한 문제에 봉착하게 되었다.

실제로 방이 어떻게 스스로를 복원하는지를 연구하는 분야가 있다는 것을 도서관에 갔을 때 알게 되었다. 다리를 다치기 전 자주 갈 때는 일주일에 두세번도 가던 동네 도서관이었다. 나는 회사 점심시간에 도서관에 들러 간단히 샌드위치를 사먹고 대여한 도서를 반납하고 빌리고자 하는 책의 위치를 메모해 서가 사이를 오갔다. 그렇다고 꼭 빌리려고 하는 책만 찾은 것은 아니었다. 도서관 입구 근처 서가에 따로 꽂혀 있는 새로 들어온 책들도 구경했고 목적 없이 순서대로 서가를 지나기도 했다. 주로 관심 있게 보는 서가는 소설과 역사 부분이었다. 그날 샌드위치 요리책을 빌리려고 요리 관련 서가를 보다가 그다음 그다음으로 넘어갔을 때였다.

'실내 연구'

책등에 적힌 제목을 보고 책을 꺼내자 표지에 부제가 보였다. '공간의 복원과 그 연구'.

시작하며

본 『실내 연구』는 저자의 지난 책인 『풍경 연구』에 이은 '장소 연구' 시리즈의 두번째 책이다. 하지만 '장소'로 통합할 수 없는 '풍경'의 특징을 『풍경 연구』에서 논한 것처럼

『실내 연구』 역시 '실내'가 가지는 고유의 의미와 역사에 대해 연구하는 한편, 실내가 어떤 식으로 구현되는지, 구현된 실내가 인간에게 어떤 식으로 영향을 미치는지에 관해 면밀히 다루고 있다. 『풍경 연구』를 읽지 않고 본 도서를 읽어도 무방하나 '실내'는 '풍경'의 영향을 받을 수밖에 없다는 점을 상기해본다면 (또한 그 반대 역시 당연한 것임을) 두 도서를 이어서 읽기를 추천하지 않을 수 없다. 본문에서도 중요하게 다루고 있지만 우선 루소에 관해 언급하며 이 책을 시작하고 싶다.

밤이 깊어가고 있었다. 나는 하늘과 별 몇점, 초목 약간을 알아보았다. 이 첫번째 감각은 감미로운 순간이었다. 나는 아직 그것을 통해서만 나를 느낄 뿐이었다. 그 순간 나는 삶으로 태어나고 있었고, 내가 인지하는 모든 대상을 내 가벼운 존재로 채우는 것 같았다. 온전히 현재의 순간에 있는 나는 아무것도 기억하지 못했고, 나의 개체에 대한 어떤 판명한 관념도, 방금 내게 일어난 것에 대한 조금의 생각도 가지고 있지 않았으며, 내가 누구인지 어디에 있는지도 알지 못했고, 고통도 두려움도 불안도 느끼지 않았다. 나는 내게서 흐르는 피를 마치 흐르는 시냇물을 보듯이 바라보았고, 이 피가 나의 것이라는 생각은 어떤 식으로도 하지 않았다. 나는 내 모든 존재를 통해 황홀한 평온을 느꼈는데, 그것을 떠올릴 때면 내가 아는 모든 쾌락의 활동에서도 거기에 견줄 만한 것이 발견되지 않는다.

그곳에서 파도 소리와 물의 흔들림이 내 감각을 고정시키고 영혼으로부터 다른 모든 흔들림을 몰아내어 영혼을 감미로운 몽상에 빠뜨렸다. 그럴 때면 알아챌 겨를도 없이 밤이 나를 엄습하곤 했다. 호수의 밀물과 썰물, 연속적이지만 간격을 두고 커지는 찰랑거림이 쉬지 않고 내 귀와 눈을 두드려 몽상이 소멸시키는 내적 운동을 대신했고, 그것으로 내 존재를 쾌감과 함께 느끼기에 충분했다. 생각하느라 고생할 일도 없었다.*

루소가 자연을 발견한 감각을, 그 흥분된 마음을 그대로

* 루소(J. J. Rousseau)의 『고독한 산책자의 몽상』 부분. 『문학과사회』 2017년 여름호(통권 118호)에 실린 김영욱의 「혼자서, 마지막으로 한번 더」의 번역을 가져왔다.

가진 채로 방문을 열었을 때 그때 그의 눈에 보이는 것은 무엇일까. 그가 밤중에 산책을 하고 더욱 짙어진 밤이 되어 그의 방문을 열었을 때와 낮의 산책을 마치고 그의 방문을 열었을 때는 어떤 차이를 보일 것인가. 실내의 변화를 단순히 시간과 계절의 변화라는 요소만을 두고 간단히 정리할 수는 없다. 하지만 중요하게 영향을 미치는 요소임을 부정할 수도 없는 것이다. 그외에 공기의 환기, 휴가와 출장, 고양이라는 존재, 탐정이 발견하는 실내 등 인간이 방문을 열고 맞이하게 되는 실내의 다양한 모습들을 나는 이 책을 통해 열어 내보이고 싶었다. 또한 친구의 집, 호텔 등 비일상적이지만 일상의 온기를 품고 있는 장소의 변화에도 관심을 기울이지 않을 수는 없었다.

하지만 강조하고 싶은 것은 『풍경 연구』의 머리말에서 힘주어 이야기한 것과 같다. 회화와 근대소설의 발전을 통해 '풍경'이 발견되었지만 인간 역시 '풍경'에 의해 발견되고 그로부터 크게 영향을 받으며 이를 드러내지 않을 수 없다는 점이다. 현대인은 더욱더 많은 시간을 실내에서 보내는 경향을 보이고 있다. 실내의 공기가 어떤 요소로 이루어져 있으며 당신이 의식적으로 인지하고 있지 못하는 시간들 속에서도 당신의 감각은 끊임없이 실내를 인지하고 있다. 그 안에서 인간은 스스로를 드러내고 인간 스스로가 실내에 의해 드러난다.

끝으로 노파심에 덧붙이자면 그리하여 이 책이 당신에게 맞는 실내를 구성하는 법을 안내하지는 않는다. 당신이 이 책을 읽고 어떠한 변화의 기점을 맞이하거나 실내에 변화를 주게 될 수는 있더라도 말이다. 부디 깨어 있는 감각으로 실내를 의식하게 되기를 빈다.

햄프셔의 키친 테이블에서 저자 씀.

5장

나는 『실내 연구』 옆 옆 옆에 있는 『풍경 연구』를 꺼내 들었다. 왜 같은 저자의 책인데 나란히 있지 않지? 싶었는데 『실내 연구』 옆에는 『내부의 미학—아름다운 공간 구성을 위하여』라는 책과 『프랑스 서재』라는 책이 나란히 꽂혀 있었다. 나는 『풍경 연구』와 『실내 연구』를 함께 빌렸다. 배가 고파 지하 매점에서 밥을 사 먹었다. 평일 저녁 폐관 시각에 가까워서인지 사람들은 점심때와 달리 몇명 보이지 않았다. 나를 제외한 세명은 모두 라면을 먹고 있었다. 나는 김치볶음밥을 주문하고 나의 주문번호가 불리기를 기다리고 있었다. 내 생각에 『실내 연구』 저자는 '사무실' 연구나 '매점' 연구 같은 주제를 논하지는 않을 것이다. 거기에는 몽상이나 무의식이 끼어들 부분이 너무 적기 때문이다. 그런 장소에서 이완된 정신 상태를 가질 수 있는 사람이라면 어디서든 무언가 목표한 것을 해내는 사람일지 모른다. 과장인가? 어쩌면 가능할지도 모른다. 퇴사를 한다는 상상을 하면 그게 가능할 것 같기도 했다. 퇴사를 마음먹고 이러저러한 절차와 수속들을 끝내고 필요한 서류들을 미리 챙기고 개인 짐은 일주일 전부터 조금씩 나르고 마지막에 그래도 남은 잡동사니들을 버리고 남들이 보는 데서 버리기 뭐한 그들의 명함이라든가 업무용 다이어리 같은 것을 메고 온 배낭에 넣고 모두 퇴근한 사무실을 마지막으로 둘러보다가 나 혼자 잠깐 사무실 불을 끄기 위해 스위치에 손을 올리고 잠깐. 사무실이라는 공간이 한눈에 들어오고 이전에는 의식하지 못했던 사무실 냉장고 소리와 형광등이 깜박거리는 소리, 여기서 눈에 보이지 않는 길고 크고 침묵 속에 잠겨 있는 어떤 짐승이 살고 있는 것 같다. 내가 불을 끄고 보안키를 세팅하고 완전히 건물을 빠져나가면 서서히 몸을 움직일 검은 퓨마 같은 조용한 동물. 이제 이곳에 오지 않는다는 확신만이 어떤 것을 보이게 할 것이다.

미원 맛인가 다시다 맛인가 아무튼 조미료 맛이 나는 뜨거운 김치볶음밥을 후후 불며 먹었다. 라면을 먹는 사람들은 모두 멍한 표정이었다. 거울을 보지 않아도 나도 그런 표정을 하고 있으리라는 것을 알았다. 이 장면에서 사라진다고 완전히 사라지는 것은 아니겠지만 완전히 사라진다는 가정이 무언가를 바꿀 수는 있다는 것에 관해 오늘 생각하게 되었다. 집에 가서 『실내 연구』부터 읽어볼 것이다. 저자는 아마 『풍경 연구』부터 읽기를 원할지도 모르겠는데 나는 나의 방에 관해서 요즘 생각하고 있다. 읽어본 적 없는 루소를 생각할 것이다. 나의 방은 언제나 내가 그 공간을 이해하고 적응하기를 기다리고 있다. 문을 열고 주전자에 물을 끓이는 짧은 시간, 문을 열고 가방을 내려놓고 왜인지 힘들어서 외출복 차림으로 침대 끝에 몸을 누인 순간 나는 방이 내가 그곳에 자연스럽게 다시 적응하기를 기다리고 있음을 알아챌 수 있었다.

🐾 사건 4

그가 도쿄의 호텔에 도착해 짐을 풀고 화장을 고치고 간단히 소지품을 챙겨 호텔방을 나갔을 때 방은 서서히 움직여 그를 돌아보게 하였다. 그는 왠지 방의 조명이 따뜻해 보인다고 생각하며 사진을 찍었다. 카메라 화면 속 방의 모습. 그는 방을, 방의 소리와 빛과 오래된 건물에서 풍겨오는 옅은 낡은 냄새를 집중하여 바라보며 -찰칵- 느꼈다. 그가 집중하여 방을 보았을 때 시간이 다른 방식으로 흐르고 있다는 것을 느낄 수 있었다. 멈춰선 그의 등 뒤로 흐르는 시간들. 정리된 침구 사이로 움직이는 공기, 공간 속에 접혀 있던 소리와 많은 음들. 이제 가야지, 그는 스스로를 깨우고 방을 나갔다. 방은 그런 식으로 움직이고 있었다.

그는 오후부터 밤까지 바쁘게 걸으며 쇼핑을 하고 커피를 마시고 은행과 도미가 올라간 밥을 저녁으로 사 먹고 편의점에서 젤리를 사서 걸어다니며 먹고 서점에서 책과

만년필용 잉크를 사고 끝으로 호텔 앞 바에서 위스키 두 잔과 하이볼 한잔 총 세잔의 술을 마시고 바 옆 편의점에서 아이스크림과 부으면 계란탕이 되는 즉석식품을 사서 붉어진 얼굴로 돌아왔다. 가방을 침대 위에 던지고 렌즈를 빼고 화장을 대충 지우고 간단히 샤워를 하고 호텔 가운을 입고 화장실 문을 열었을 때 등 뒤에서 피어오르는 흰 안개 같은 더운 김들 사이로 바닥에 벗어둔 니트가 고양이처럼 보였다. 오늘 하루 종일 입고 다닌 회색 캐시미어 니트는 안경을 벗어서인지 왠지 고양이로 보였다. 그런데 그것은 정말로 고양이였다.

차미는 그에 관해 내가 읽고 있는 책의 페이지를 앞발로 짚어 알려주었다. 그 챕터의 제목은 '유동하는 공기 — 1) 고양이'였다.

『실내 연구』의 목차를 다시 살펴보았다.

『실내 연구』

목차

9) 잠옷, 양말, 수건

10) 햇볕과 창

11) 방향에 관한 여러가지 믿음들

12) 소리

—당신의 방에 돌고래와 인간과 고양이가 함께 있다면

—그리고 당신은 그 소리를 엿듣는다면

유동하는 공기

1) 고양이

2) 오븐

3) 비

4) 먼지

5) 향의 모든 것

장식을 이해한 자, 필립 말로

피할 수 없는 주제 '소유'

마치며—개인, 실내, 무엇보다 개인의 방

차미가 짚어준 부분을 우선 읽어보았는데 간단히 말하면 고양이가 실내를 구성하는 데 어떤 영향을 미치는지에 관한 것이었다. 고양이는 소리 냄새 촉감 움직임 등으로 고유의 실내를 구성하는 데 큰 영향을 미친다는 당연한 전개였다. 그런데 이어서 저자는 이렇게 말한다.

연금술에 관한 믿음이 높아지던 시기, 당대의 사람들은 여러 재료들을 특정한 조건으로 합하여 금을 만든다는 발상을 이해하자 다른 식의 조합에도 관심을 기울이기 시작했다. 물론 다른 식의 조합을 시도했던 이들은 극소수였으나 아예 없지는 않았다. 남아 있는 자료에 언급된 적은 없으나 나는 현대의 정밀한 측정기로 고양이가 존재해야 타당한 음, 온도, 소리를 도출할 수 있고 거기에 특정할 수 없는 몇가지 요소들을 합하면 고양이가 실내에서 탄생할 수 있다는 생각을 해본다. 많은 이들은 이것을 농담으로 생각할 것이다. 하지만 내가 강조하고자 하는 바는 실내를 구성하는 데 미세하고 복잡한 요소들이 필요하며 그 모든 것은 정확한 순간에 서서히 움직이고 합해져 자연스러운 실내를 만들어내고 있다는 믿음이다. 그러나 모든 실내가 그렇지는 않다. 이 역시 나는 함께 강조하고 싶다. 하지만 우리가 방의 움직임을 느끼고 멈춰 서서 방의 생동을 느낄 때 그 순간을 기억하는 이라면 나의 믿음을 망상이라고 치부할 수만은 없을 것이다.

그는 고양이를 앞에 두고 멈춰 섰다. 고양이는 물 흐르듯 자연스럽게 그러나 재빠른 몸짓으로 침대 위에 앉았다. 그는 소파에 앉아 머리를 말리며 스킨과 세럼 로션 크림까지 바르고 녹기 시작하는 아이스크림을 방 안 냉장고의 냉동 칸에 넣었다. 고양이는 어느새 팔을 뻗어 누워 있었다. 그는 물을 끓이고 오늘은 토하지 말아야지 생각하며 계란탕의 비닐을 벗겨 끓은 물을 부었다. 텔레비전 리모컨에 손이 갔으나 곧 거두고 고양이를 보았다. 고양이는 그를 그는 고양이를 보았고 그는 눈을 깜박-깜박 했다. 이것은 눈인사야. 그러나 고양이는 아무 반응도 없었다. 웃기지마 라고 무시하는 듯이. 계란탕에서는 김이 작게 나고 그는 휴대폰에 저장된 오후의 방 사진을 보았다. 냉장고 소리가 낮게 들리고 고양이가 발톱을 핥고 깨무는 소리가 그 사이로 침입했다. 자연스럽고 부드러운 침입이었다. 그는 다 먹은 계란탕 통을 씻어 물을 넣어 바닥에 두었고 고양이 캔을 사러 편의점으로 향했다. 12월 말의 늦은 밤 잠깐 비가 왔나봐. 바닥은 젖어 있었고 부는 바람에서 물 냄새가 났다. 도쿄는 정말 춥지가 않네. 속옷으로 입은 여름 반팔 티 위에 퀼팅 재킷만을 걸치고 나왔는데 적당히 버틸 만했다. 고양이 캔을 사고 호텔 앞에 서서 구름 속 달을 보았다. 그는 문득 회색 니트를 떠올렸다. 니트는 사라진 걸까. 사라졌다고 해도 믿을 수 있을 것이다. 큰맘을 먹고 백화점에서 캐시미어 니트를 샀던 날이 떠올랐다. 내게 그런 날이 있었나 싶게 희미한 느낌으로 남아 있는데 아주 옛일이거나 현재와 너무 다른 상황이기 때문이 아니라 지금은 여행 중이고 외국의 호텔 근처이고 약간 취해 있었고 무엇보다 물건을 사는 일은 사는 순간만이 또렷하게 선명한 경험이기 때문일 것이다. 아직 약간 남은 알코올 기운과 바깥 공기를 맞아 차가워진 코끝과 인생을 무한히 긍정하게 되는 마음이 그 순간 그에게 존재했다. 어딘가 타고 올라가도 좋아 내민 손을 잡게 될지 몰라 하고 흔들거리고 있었는데 그런 마음은 어디든 발을 들여놓겠다는 모험심과 무모함을 손짓했다. 그는 그런 상태였다. 그런 상태로 오래된 호텔의 열쇠를 받아들고 열쇠로 문을 열고 손잡이를 돌렸다. 문을 잠그고 방의 냄새를 맡으며 신발을 벗고 슬리퍼로 갈아 신고 화장실을 지나 침대 쪽으로 갔을 때.

찹찹찹찹

회색 고양이는 물을 마시고 있었다.

그는 편의점 비닐봉지를 바닥에 깔고 고양이 캔을 따서 그 위에 내용물만 부었다. 국물이 흐르지 않게 티슈로 닦고 뒷정리를 하고 손을 씻고 버릴 것들은 버리고 빠르게 닭가슴살 통조림을 먹고 있는 고양이를 지나 소파에 앉았다. 차가웠던 코끝이 서서히 원래대로 되돌아오고 있었다. 온풍기의 온도를 1도 낮추고 지갑 속 영수증을 다시 버리고 통조림을 다 먹은 고양이가 조용히 다가와 그의 다리에 몸을 스치고 지나갔다. 그는 그 순간을 오래도록 기억하게 될 것임을 알았다. 이를 닦고 돌아와 휴대폰과 외장배터리를 충전하고 아직 덜 마른 머리를 수건으로 감싸고 침대 위로 올라가 이불을 덮었다. 고양이는 침대 끝으로 와 잠이 들었다. 불을 껐으나 커튼 너머에서 주황색 빛이 희미하게 비쳤다. 아마 맞은편 호텔에서 비추는 조명일 것이다. 옆방도 아래층도 위층도 누군가 잠을 잘 것이다. 오늘의 일들을 생각하며 잠을 청할 것이고 맞은편의 아직 불을 끄지 않은 사람도 곧 잠이 들 것이다. 그는 발끝의 고요한 움직임과 무게를 생각하며 잠이 들었다.

다음 날 눈을 떴을 때 그는 침대 끝에서 어제 그가 하루 종일 입고 있던 회색 캐시미어 니트를 발견하였다. 니트의 두 팔이 서로를 껴안는 것처럼 하고 있었다. 니트에 붙은 고양이 수염 두개를 여행 다닐 때만 가지고 다니는 수첩에 끼워 넣었다. 조식을 먹으러 가야겠다고 생각했다. 몸을 일으켜 니트에 얼굴을 묻었다. 메오 메오 들은 적 없는 고양이의 울음을 떠올려보았다. 그는 왠지 이 고양이 이름이 미오일 것 같다고 생각했다. 별 이유 없이 친구의 고양이 이름이라서 자연스럽게 생각이 난 것 같다. 잠시 만난 고양이. 함께 잠을 잔 고양이. 그는 가운을 벗고 벗은 몸으로 거울 앞에 섰다. 건조하고 따뜻한 호텔 안의 공기. 벗어둔 반팔 티셔츠와 속옷과 청바지와 재킷을 걸치고 휴대폰과 방 열쇠는 재킷 주머니에 넣고 건조한 얼굴을 손으로 비비고 등 뒤에서 먼지가 움직이고 있는 것 같다는 생각을 하며 방을 나섰다. 손끝에 남아 있는 손잡이의 감촉, 차가운 금속의 느낌을 의식하며 호텔 복도를 걸었다.

—그래서 고양이를 만들 수 있다는 말이야?

나는 차미에게 물었지만 차미는 메오 메오 울기만 했다. 텅 빈 사료 그릇에 사료를 채워주고 나는 고양이를 만들어낸다는 저자의 발상에 대해 생각을 했다. 제정신인 모든 멀쩡한 사람들이 무언가를 믿고 해내고 사라지는 모습으로 떠나는 것은 늘 대단하다고 생각한다. 나는 어쩌면 저자가 그의 실내에서 고양이를 만들었을 수도 있다고 생각했다. 드물게 그 암시를 믿고 따르는 자들이 실내에 대한 이해에서 시작하여 고양이를 만드는 것이 물론 최종 목표는 아니지만 언젠가는 고양이가 머무는 실내를 만들어낼 수도 있다는 생각이 들었다. 저자는 사십대 후반의 프랑스인이지만 십대 후반 이후 줄곧 미국에서 살고 있었다. 나는 고양이가 나타나는 실내에 대해 생각하지 않으려 잠시 주말에 할 일들을 떠올려보았다. 그러다 내가 좋아하는 방의 장면들을 마음속으로 꼽아보며 잠이 들었다. 이런 생각들은 좋은 잠과 꿈으로 부드럽게 나를 이어주었다. 이런 생각들은 실제 형태로 존재하여 여러 좋은 일들을 많이 할 것이다. 무척 좋은 존재들이었다.

6장

차미는 늘 잠을 자고 그러다 깨서 밥을 먹고 물을 마시고 화장실을 갔다 와서는 우당탕탕 그리고 열심히 몸을 단장한다. 그러다 무슨 생각해 차미? 너는 뭐를 하니? 오늘 차미는 어디서 찾았는지 못보던 손목시계를 발로 내리치고 있었다.

—저 별일 아니라고 생각하실지 모르겠지만 물건을 찾는 일을 의뢰하고 싶어서요.

🐾 사건 5

눈이 하염없이 쏟아지던 밤. 탐정은 정산에 필요한 고지서와 명세서 등을 정리하며 시간을 보내고 있었다. 직원 없이 홀로 일하는 탐정은 어쩐지 스스로의 모습이 우습다는 생각이 잠시 들었지만 이런 것을 '절차'라고 '진행'이라고 '과제'라고 아무런 감정 없이 스스로 완전히 이해하게 되기를 바랐다. 그러고 보면 이전보다는 점점 더 '이해하는 자'에 가까워지고 있었다. 잘못 들었나 싶을 정도로 작게 문을 두드리는 소리가 들리고, 이어서 그보다 더 크게 두번 두드리는 소리가 들렸다.

—들어오세요.

두꺼운 코트에 모자를 쓴 여성이 조심스럽게 문 앞에서 있었다. 잠시 망설이다 의자에 앉은 여자는 늦은 시간에 와서 정말 죄송하다고 먼저 사과를 하였다.

—아뇨. 불이 켜져 있었을 테니까요. 상관없습니다.

여자는 자리에 앉고 머플러를 풀어 무릎에 두고 장갑을 빼서 그 위에 두고 숨을 한번 내쉬더니 마지막으로 모자를 벗어 그 위에 두었다. 여자의 짙은 갈색 코트가 감싸고 있는 무릎 위에 짙은 초록의 머플러, 검정 가죽 장갑, 남색 울 모자가 차례로 쌓였다. 아주 완벽히 어울리는 색은 아니었지만 자주 몸에 지니는 사람과 함께 있으니 어울리고 자연스러워 보였으며 편안함에서 나오는 우아함과 근사함이 없지 않았다. 탐정은 손짓으로 물건을 왼쪽의 의자에 두어도 된다고 알려주었다. 여자는 아 하고 짧게 숨소리처럼 대답하더니 무릎 위의 물건들과 가방을 옮겨두었다.

—저…… 잘 몰라서 그러는데요. 혹시 물건을 찾아주기도 하시나요?

—경우에 따라서는요. 설마 어디서 잃어버리셨는지 알 수 없다거나 기차에 두고 내리셨다거나 해서 찾아오신 건 아니시겠지요?

—그게 조금 복잡한데요.

여자가 찾는 것은 시계였다. 탐정은 여자의 이야기를 듣고 하루치 보수와 경우에 따라 생길 수 있는 추가 비용을 안내했다. 부담스러울 수 있을 정도의 비용을 지불하고도 시계를 찾지 못할 수도 있다고 끝으로 덧붙였다. 여자는 다행이라는 표정으로 웃었다. 문득 여자가 단지 이 이야기를 누군가에게 하고 싶었던 것일까 하는 생각이 들었다. 하지만 그보다 여자는 자신이 원하는 것을 찾을 가능성을 정말로 발견했다고 생각했기 때문에 웃었을 것이다. 그 가능성은 탐정의 설명에서 발견했을 수도 있고 자신이 어렵게 내딛은 한걸음에서 발견했을 수도 있다. 여자는 안심한 표정으로 인사를 했다. 여자가 나가고 짙은 갈색 코트와 초록 머플러 검정 가죽 장갑이 함께 나가고 담배를 한대 피우고 창을 열었다. 눈이 아직 내리고 있었고 거리에는 차도 사람도 없을 것만 같다는 착각을 순간 하게 되었다. 막막하고 조용한 겨울밤의 시간이었다.

나는 차미가 손으로 때리고 있는 (발인들 무슨 상관이

야) 시계를 살펴보았다. 오래된 세이코 남성용 시계였다. 왜 이런 게 있는 걸까. 한참 이베이에서 빈티지 지갑이나 시계를 살 때 아무 생각 없이 주문했던 건가. 마치 차미라는 고양이가 존재하기 위해 이 방에 낯모르는 시계가 숨어 있었던 건가. 나는 어쩌면 『실내 연구』 저자를 30프로쯤은 웃기는 사람이라고 생각하고 있지만 의외로 10프로쯤은 믿고 있는 것도 같으며 그럼 60프로는 뭐야? 그건 내가 대개의 저자들에게 갖는 감정으로 아무 관심 없는 상태일지도 모르겠다. 차미는 시계를 달라는 뜻인지 에오에오 하고 있었고 나는 막대에 실이 달린 장난감으로 십오분쯤 놀아주며 그사이에 시계를 서랍에 넣어두었다. 나는 도무지 어디서 나왔는지 알 수 없는 시계를 차미가 발견하게 된 것이 조금 수상했고 냉정하게 생각해보아도 내가 아무리 쇼핑을 좋아해도 산 물건을 기억 못할 정도로 많이 사지는 않는다는 결론에 이르렀지만 그렇다고 그 일이 있을 수 없는 일처럼 여겨지지도 않았다. 정말 어디서 샀는지 혹은 받거나 주은 건지 도무지 기억이 안 나는 물건들이 방에 없지는 않을 것이기 때문이다. 이러다가 또 갑자기 아 그때 그것! 하고 물건의 실마리가 떠오르기도 할 것이다. 차미는 사냥 놀이를 하다 숨을 몇번 가쁘게 몰아쉬다가 침대 밑으로 가 잠을 잤다. 나는 『실내 연구』의 저자 피에르 소골에게 편지를 써야겠다고 마음먹었다. 나는 피에르에게 편지를 쓰는 일이 그순간 무척 자연스럽고 막힘 없이 진행되는 일로 여겨졌다.

탐정이 불을 끄고 사무실을 나섰을 때 눈은 거의 그쳐 한두송이 정도만 바람에 흩날리고 있었다. 그는 여자가 이야기한 여자의 오빠의 집까지 일단 걸어가보기로 하였다. 사무실에서 멀지 않은 곳에 위치해 있었고 여자가 집 주소와 함께 써준 그 이름은 낯설지가 않았다. 탐정은 낯이 익다고까지는 할 수 없지만 기억 어디선가 걸리는 지점이 있는 그 이름을 속으로 여러번 반복해보았다.

차미는 잠을 자고 나는 피에르에게 편지를 쓰기 시작했다.

7장

피에르에게

안녕.

나는 풍경에 대해 생각합니다. 방에 대해서도 생각합니다. 다른 모든 문제들처럼.

당신의 글이 꼭 그러한 점을 주장하고 있지는 않으나, 실내를 통제 가능한 범위에 두고 있음은 알아차릴 수 있었습니다. 당신은 풍경은 길이고 거리이고 건물이며 열차이며 또한 그것들이 합쳐진 것이기에 우리는 풍경에 영향을 받는 존재일 것이라 가정하고 있지만, 당신은 또 실내가 우리들에 의해 만들어질 수 있는 것처럼 생각하는 듯합니다. (풍경이 우리들에 의해 발견될 가능성에 대해 언급하고 있는 점은 알고 있습니다.) 당신이 『풍경 연구』에서 무언가를 감추지는 않지만 『실내 연구』에서는 많은 것을 감추며 동시에 그것을 통해 드러내며 이야기하고 있다는 것도 알 수 있습니다.

우리가 만날 리는 없고 그런 만남의 실현을 주장하고 싶지도 않습니다만 아무튼 내가 햄프셔에 가기 위해서는 비행기를 타야 합니다. 아마도 최소 한번 이상 비행기를 갈아타야 할 것입니다. 인천에서 비행기를 타고 뉴욕이나 시카고로 간 다음에 코네티컷에 있는 브래들리 공항으로 가야 할 것입니다. 그리고 리무진이나 택시를 타고 햄프셔로 가야 합니다. 비행기의 강제적이고 아무것도 할 수 없는 시간의 독서에 대해 생각합니다. 만약 내가 그곳에서 당신의 책을 읽는다면, 『풍경 연구』나 『실내 연구』를 읽는다면. 나는 당신이 말하고 있는 것을, 숨기고 있거나 의식하지 못하고 있던 것을 뚜렷하게 이해하게 될 것입니다. 나는 미리 좌석을 지정하여 창가 자리에 앉을 것입니다. 창 너머로 보이는 구름 속 공간은, 혹은 구름도 보이지 않고 그저 상공이라고 밖에 할 수 없는 공간은 무엇인지. 당신은 그곳을 풍경이라고 할지 혹은 고개를 돌리면 보이는, 불이 꺼진 비행기 안 몇몇 독서등만이 불을 밝히고 있는 그곳을 풍경이라고 할지 그도 아니면 당연히 비행기 안은 실내라고 할지 궁금합니다. 항공사가 발행하는 무가지를 여러번 읽고 면세품 목록을 살펴본 후 그래도 시간이 가지 않는다면 나는 책을 읽습니다. 나는 다른 무엇을 할 수 있을지도 모르겠지만 무척 오랜만에 독서로 강제된 그 시간의 성격을 제대로 느껴보고자 합니다. 비행기에서 책을 읽으며 나는 내려서 할 일, 당장 처리해야 할 것들을 생각하다가 잠시 실감이 나지 않는 죽음을 생각합니다. 이 밑은 바다겠지 생각하다가 다시 책 속으로 고개를 돌리면 멀리서 아이의 울음소리가 들리고 나는 왠지 일곱시간이라면 일곱시간, 세시간 삼십분이라면 세시간 삼십분을 여느 때보다 더 실감하며 실감하도록 집중하며 보내고 있다는 생각을 합니다.

그런데 비행기의 실내를 구성하려면. 혹은 구체적으로 인천발 뉴욕행 아시아나항공 이코노미석의 실내를 구성하려면 어떤 것들이 필요한가. 나는 당신에게 그 이야기를 듣고 싶습니다. 그리고 그것은 보스턴행 대한항공 이코노미석과 얼마나 다를까. 비즈니스석과는 확실히 다르겠지만요. 내가 확실히 이야기할 수 있는 것은 비행기를 타고 잠을 자지 않는 사람은 누구든지 잠깐이라도 죽음에 대해 생각한다는 것입니다. 그리고 다시 책을 보거나 영화를 보거나 화장실에 가거나 그냥 앉아 있습니다. 나는 당신이 이야기한 풍경에 대해 다시 생각합니다. 나는 그에 관해 요즘 구체적으로 생각해보고 있습니다. 나의 고양이는 물론 고양이를 '나의 고양이'라고 말하는 것은 뭔가 잘 들어맞지 않는다는 생각을 합니다. 무엇으로 설명해야 하나. 나와 함께 사는 고양이는 친구인 고양이는 나의 방에 있으며 지금도 있을 그 고양이는 탐정이 되었습니다. 나의 방에서 벌어진 일입니다. 그 사실과 나의 방과의 관계에 대해 생각합니다. 나는 그에 관해서라면 아무런 예상도 특별한 의지도 없었지만 만약 누군가 간절한 믿음을 가진 누군가가 자신의 방에서 고양이를 불러일으키고 탐정을 존재하게 한다면 그리고 그 방이 미약하게 나의 방에 영향을 미쳐 나와 함께 사는 고양이가 탐정이 된 것이 아닐까 그런 생각을 합니다.

내가 하루 종일 당신의 책과 나의 방에 대해 생각하는 것은 아닙니다. 나는 청소를 하고 일을 하고 밥을 하고 그 외 필요한 이런저런 일들을 합니다. 어쨌든 나는 당신이, 내가 이야기하는 것들에 대해 한번쯤 생각해보아야 한다고 생각합니다. 그러나 나는 당신이 모든 것을 가볍게 그와 동시에 말 그대로 받아들여야 한다고 생각합니다. 모든 중요한 문제들이 그러하듯이.

안녕.

나의 방에서

*

나는 피에르에게 메일을 보냈다. 하지만 왠지 직접 손으로 편지를 적어 부치고 싶다는 생각도 잠깐 들었다. 서랍을 정리하려고 열었을 때 어제 차미가 때리고 있던 시계가 보였다. 정말로 어디서 나타났는지 알 수 없는 시계였다. 그날 밤은 줄곧 잊고 지냈던 거북이가 꿈에 다시 나타났다. 거북이의 형태를 한 나무 조각품이 세이코 시계와 함께 서랍에 보관되어 있었고 처음 열었을 때는 잘 만든 조각품과 오래되었지만 잘 만들어진 괜찮은 시계가 나란히 있는 서랍이었지만 두번째로 열었더니 거북이가 두 마리가 되었고 그다음 장면에서 책상 위의 거북이 조각품이 자신을 드러냈다.

—시계가 거북이 것이라는 거야?

차미는 꿈에 등장하지 않았고 나는 꿈에서도 누군가에

게 의견을 구하기 위해 같은 질문을 한번 더 했지만 누구도 대답해주지 않았다. 이번에는 여러개로 늘어난 거북이 조각품이 책상을 차지하고 있었고 나는 거북이로 죽을 끓여 먹지는 않았다. 집은 여전히 내가 갖고 싶은 잘 정돈된 소형 아파트였고 햇살은 창으로 들어오고 있었고 소파는 적당하고 아늑했다. 거북이 조각품은 편백나무로 잘 만들어진 것이었다. 나는 소파에 누워 걱정은 다음 날에 하자고 마음먹었고 꿈속의 잠든 나에게 '거북이'라는 글자가 *거-북-이* 영화 자막처럼 지나갔다. 잠든 나는 거북이라는 글자를 다시금 입으로 거, 거라는 글자가 있네 하고 꿈에서 생각했다. 잠에서 깨며 잠이 든 내가 글자를 배우듯이 거북이를 더듬더듬 읽고 있었다는 생각을 했고 의식하기 시작하면 낯설어지는 글자와 단어들을 생각했다. 차미는 침대로 뛰어와 애옹 애옹 울기 시작했고 음 밥이 없나 심심한가 생각하다가 베개를 끌어안았을 때 차미가 때리던 시계를 이전에 빈티지샵에서 코트를 주문했을 때 사은품으로 동전 지갑과 함께 받았던 것이 기억났다. 이 시계는 그럭저럭 괜찮은 거 아냐? 이런 걸 줘도 되나 하고 생각했던 것이 이제야 기억이 났다. 잠은 많은 일을 가능하게 한다. 우리를 재생시키고 좋은 것을 떠올리게 한다. 나는 잠든 나를 그리워하며 서서히 물놀이를 끝내야 하는 수영복 입은 어린이 같은 기분이 되었다. 혀로 입 주변을 핥으면 짜고 몸에는 모래가 붙어 있지만 이제는 씻으러 가야 해. 그리고 차미는 어려운 일을 해결하는 데 도움을 준다. 이것이 바로 고양이 탐정 차미가 해결한 '시계와 남매의 비밀' 사건이다.

사건 5

탐정은 여자에게 상자를 내밀었다. 여자는 상자를 열어 보고 물었다.

— 제가 원래 잃어버리지 않았다는 사실을 언제 알아차렸나요?

— 당신은 시계를 찾길 원했고 나는 그것을 찾았소. 그게 답니다.

—오빠와의 이야기를 당신이 알아차릴 것이라고 예상했어요.

탐정은 여자에게 추가로 든 비용을 설명했다. 여자는 봉투를 내밀었다.

—그날은 눈이 왔었죠. 저는 이 시계를 세상에 드러내는 방식으로 찾길 원했어요. 모두가 그것을 확인하기를 바랐죠.

탐정은 이주 사이에 조금은 가벼워진 여자의 옷차림을 보았다. 검정 코트에 실크 머플러를 두르고 구두를 신은 여자는 이제 곧 봄이 오리라는 것을 이해하고 있는 것 같았다.

—고양이가 있나보군.

여자는 검정 코트를 살폈고 탐정은 코트에는 아무것도

묻지 않았다고 말했다.

—그런데 어떻게?

여자는 씁쓸하게 웃으며, 대답해주지 않을 줄 알았다고 말했다. 일어서서 문을 열고 나가며 여자는 이건 대답해줄 수 있죠?라고 질문을 하려다 됐어요라고 말하며 문을 닫고 나섰다. 탐정은 여자의 코트에서 떨어진 고양이 수염을 집어 수첩 사이에 넣었다. 여자가 문을 열고 들어서던 눈 오던 날이 오래전 일처럼 느껴졌다. 이주 사이에 일어난 이런저런 일들을 생각하면 이상할 게 없다는 생각도 들었다. 탐정은 수염의 주인을 마음대로 그려보다가 어떤 고양이든 모든 고양이는 우스우며 우아하다는 것을 깨닫고는 관두었다. 아직 겨울이었고 그러나 곧 봄이 올 것임을 조금은 온순해진 차가운 바람이 말하고 있었다.

8장

피에르와 만나게 된 것은 1월 말 어느 날이었다. 피에르는 내가 메일을 보낸 이메일이 아닌 다른 이메일을 통해 내게 답장을 보냈다. 그는 잠시 인천에 살고 있다고 말을 했다. 우리는 인천공항 구석에 있는 까페에서 커피를 마셨다. 세상에서 가장 정신없는 곳일 줄 알았는데 생각보다는 조용했다. 이야기를 할 수 있고 들을 수 있었다. 모두 어딘가로 금세 나아가고 사라지고 들어가기 때문인 것 같았다.

—제가 피에르 소골이 아니라는 것을 어떻게 알아차

리신 거지요?

—엄밀히 말해 피에르 소골이 아닌 것은 아니죠.

—그렇죠. 그렇긴 하죠.

나는 마른 얼굴과 몸을 하고 있는 사십대 초반의 남자에게 그리나 책은 재미있었다고 말을 했다. 공항의 까페는 이런 이야기를 하기 좋은 것 같아요. 인상이라는 것이, 기억이라는 것이 귀에 들리는 소리와 빠른 속도에 뒤섞이는 것 같아요,라고 말을 하고 커피를 한잔 더 주문하였다. 그는 웃으며 그런데 파리에서 살았던 것이나 햄프셔에서 공부한 건 사실이라고 말했다.

—그것도 알아요. 책은 재미있었다니까요.

—의외로 초판으로 찍은 천부는 거의 다 팔렸어요. 재쇄를 찍어야 할지 그만둬야 할지 고민이에요.

—가상의 인물로 책을 내는 게 꼭 재밌지는 않은 거 같아요. 자기 이름으로 내봐요.

나는 공항의 소리와 속도를 순간순간 정확히 기억해내려 애썼다. 마치 외국어 듣기 시험을 치르는 것처럼 조용히 온 에너지를 쏟고 있었다. 공항철도를 타고 피에르의 집으로 향할 때는 그래서 순간 졸음이 쏟아질 정도로 피로했다. 피에르의 집은 지은 지 이십년 가까이 된 오피스텔인데 몇년 전 아버지로부터 물려받았다고 한다. 그의 집에 들어선 순간 거북이가 나온 꿈속 집과 흡사하여 이상한 기시감에 넋이 나갈 뻔 했지만 생각해봐 지은 지 십년이 넘은 소형 아파트와 빌라와 원룸과 오피스텔의 각 내부를 꿈에서 본 그것을 당신은 어떻게 구분할 수 있는지. 나는 모든 것을 너무 크게 받아들이지 말고 상황을 정확히 보라고 말했다. 나에게 계속해서 나에게 말했다. 그는 나의 편지에 대답하고 싶었다고 했다.

— 보여주고 싶은 게 있어요.

그는 구석에 있는 방으로 나를 안내했다. 나는 속으로 이러다 감금당하는 거 아니겠지? 정신을 차려야 할 순간이 바로 지금 아닌가 하는 생각이 들었고 부드럽게 그에게 먼저 들어가라고 손짓을 했다. 거의 아무것도 없는 텅 빈 방에는 기다란 간이테이블이 부착된 사무용 의자 세개가 벽을 따라 일렬로 놓여 있었다. 그는 잠시 나갔다가 커피메이커와 잔을 들고 와 의자에 붙은 테이블을 펼쳐 메이커와 잔을 그곳에 두었다. 꼭 이것만을 위한 테이블 같다. 그는 조명을 몇개만 켜고는 내게 자리에 앉으라고 했다. 나는 커피가 담긴 종이컵을 들고 의자에 앉았고 그도 내 앞으로 앉았다. 이곳은 김포발 하네다행 ANA 비행기 안이었다. 나는 딱히 할 수 있는 것이 거의 없어 강제된 기분, 그러나 기꺼이 받아들이고 즐기게 되는 그 시간을 이해하며 두시간 가량 책을 읽었다. 비행을 끝냈을 때 가방을 챙기고 문을 열자 그는 지하철역까지 바래다주겠다고 하였다. 그가 집에서 챙겨온 귤을 까먹으며 아직 춥지만 봄은 오고 있다는 생각이 들었다. 춥지만 몇주 전과 같은 매서운 바람은 아니었다. 나는 다른 많은 일들을 가볍게 그와 동시에 말 그대로 받아들일 수 있을 것 같았다. 그는 나의 코트에서 고양이 수염을 떼어주었다. 그는 주고 싶지 않은 듯이 약간 멈칫했지만 나는 그대로 받아서 수첩 안에 넣었다.

—내가 정말로 만들 수 있는 것들이 있어요.

—귤이 맛있네요. 좋은 귤인가봐요.

나는 그가 무엇을 만들 수 있는지 이미 잘 이해하고 있었다. 우리는 서양인들의 헤어짐처럼 가벼운 포옹을 하고 지하철역에서 손을 흔들었다. 공항철도 안에서는 긴장이 풀려서인지 졸다 깨다 했다. 집중하고 몰두한 시간들은 시간이 지나도 버튼을 누르면 재생이 되었다. 인천공항 출국장의 까페와 까페 안의 가벼운 소음과 속도와 보통 까페에서 찾기 힘든 마카다미아 라떼와 피스타치오 라떼 그라나따 같은 메뉴가 있었다. 무엇을 겨냥하는지 알기 힘들지만 그런대로 좋다고 생각되는 메뉴들이 자다 깨는 중간에 떠오르다 말았다. 집에 도착하자 그대로 잠이 들었다가 세시간 후쯤 깨어 차미의 화장실을 치우고 물을 갈아주고 사료를 주었다. 차미가 나에게 얼굴을 문질렀다. 나는 그것이 마치 좋은 꿈을 꾸는 것처럼 부드럽고 온전히 좋았다.

새벽, 잠시 잠에서 깨었을 때 내 발치에서 자고 있던 차미가 다가와 말했다.

—좋은 것은 좋은 것. 밖으로 나가 걷고 집으로 돌아와 쉰다. 하고 싶은 것을 하는 것.

나는 그것이 꿈도 아니고 낮에 일어나는 일도 아니고 그밖의 어떤 것으로 분류될 다른 종류의 것임을 알았다. 거기에도 이름이 필요하다.

피에르를 만난 그 주 주말에 선생님을 다시 만나게 되었다. 선생님을 이렇게 자주 볼 것이라고는 생각지 못했다. 선생님은 내게 부탁할 일이 있다고 말했다. 뭐냐고 물어보자 검토 중인 책이 있는데 한번 읽고 어떤지 간단히 의견을 달라고 했다. 솔직하게 말하면 되니 부담을 갖지 않아도 좋다고 하였다. 그리고 나는 생선 초밥과 커피를 얻어먹고 돌아왔다. 이상한 생각이지만 선생님은 내가 자신을 약간 수상하게 여기고 있다는 것을 눈치 채고 있는 듯 했다. 수상하게 여긴다기보다, 뭔가…… 사실 지난번에 만났을 때 들었던 이상한 사건이나 나를 보며 웃었던 일은 정말로 너무나 아무 일도 아니었고 보통 때라면 그런 일이 있었나?라고 생각하고, 아니 생각조차도 안 하고 말 일이었다. 그러나 왠지…… 뭔가…… 아무튼 뭔가 엉켜 있는 것 같은 느낌이 사라지지 않았고 때문에 결국 내가 차미에게 그 일을 의논하게 되었던 것이다. 그래서인지 오늘은 반갑고 기쁘게 나갔고 초밥도 맛있었고 원고도 그렇게 부담스럽지는 않았고 딱히 이상하다고 할 만한 순간은 없었음에도 평소처럼 즐겁게 이야기를 나눈다는 느낌이 아니라 조용히 듣는 느낌으로 어쩌면 조금은 방어적으로 대화를 이어가다 온 것 같다는 생각이 들어 돌아오는 길 내내 뭔가 석연치 않은 기분이 들었다. 예전 같으면 집으로 돌아오자마자 받은 원고를 펴보았을 테지만 이번에는 책상 위에 두고 일단 씻고 귤을 먹고 차를 마시며 내일 열어보아야지 며칠 뒤에 펴봐도 되겠지 하며 미뤄두는 마음이 되었다. 차미는 사람의 물건에 크게 관심을 보이지 않는 고양이였는데 왜인지 선생님이 맡긴 원고 봉투의 냄새를 여러번 맡더니 자꾸 긁으려고 해서 봉투를 서랍 안에 넣어두어야 했다. 이건 맛없게 생기지 않았니? 어떻게 봐도 맛이 없을 것 같아. 아니면 여기에 수상한 냄새가 묻은 걸까? 차미는 짜증이 난다는 듯이 길게 미야— 하고 외치고 책상에서 의자로 통통 재빠르게 움직이며 침대 밑으로 사라졌다.

그사이 나는 할 일을 했다. 회사에 다녔고 주말에 짧게 대전으로 여행을 갔다. 세상에서 가장 여행으로 갈 것 같지 않은 도시였지만 나는 그런 점이 마음에 들었다. 하지만 역시 떠올리면 여행을 갔다고 이야기하는 게 맞을지. 토요일에 대전에 가서 하룻밤 자고 왔다, 혹은 주말에 대전에 다녀왔다 정도로 이야기해야 하는 것이 아닌지 하는 생각이 든다. 다리가 다친 나를 줄곧 도와주었던 친구에게 고기를 사주었다. 이것은 답례로 부족하지 나는 너에게 계속 좋은 것을 주고 또 줄거야. 나는 친구에게 탕수육도 사주고 양념게장도 사주겠다고 말했다. 친구는 게장은 먹기 귀찮다고 고기를 또 사달라고 하였다. 어느 날은 퇴근 후 영화를 보러 광화문에 갔고 틈틈이 필요한 것들을 인터넷으로 사고 또 팔고 버리기도 하였다. 그러다 여기서 더 미루면 완전히 늦지 않을까라는 생각이 들기 시작할 때 선생님이 준 봉투를 열어 원고를 확인하였다. 원고의 제목은 '열차의 짐칸과 식당의 의자'였다.

사건 6

탐정이 여자의 시계를 찾아준 이후 받은 새로운 의뢰는 또다시 잃어버린 물건을 찾아달라는 것이었다. 그사이 그는 도심 빌딩의 경비로 일했다. 이 역시 의뢰라면 의뢰지만 새로운 의뢰라고 보기에는 성격이 조금 달랐다. 그에게 경비로 일해 달라고 요청한 사람은 칠년 전 그의 도움으로 위험에 빠질 뻔한 재산을 지킨 자산가였다. 칠년 만에 연락이 온 그는 여전히 자산가였고 아니 그때보다 더

욱 부자였다. 칠년이라는 시간은 이미 부자인 사람이 더 큰 부자가 되기에 자연스러운 시간인지 그는 잠깐 생각을 해보았다. 탐정은 의뢰인이 가진 빌딩 중 가장 비싸거나 큰 빌딩은 아니지만 그가 가장 처음 매입한, 그리하여 그의 부의 발판이 된 빌딩의 경비로 일했다. 의뢰인의 빌딩에는 수상한 사람이 나타나기 시작했는데 단순히 강도 같지는 않아 보였다. 의뢰인은 그 의도가 무엇인지 알고 싶어 했고 해결하고 싶어 했다. 의뢰인이 빌딩만 몇채를 가진 자산가라는 점을 생각하면 그 일은 가벼운 일이 아닐 가능성이 높았다. 그 일을 해결하는 데 열흘 가량 경비로 일을 한 셈이니 어떻게 보면 꽤 오랜만의 새로운 의뢰였다.

9장

『열차의 짐칸과 식당의 의자』는 가벼운 인문서였다. 가볍다는 말은 적합하지 않을지도 모르겠다. 아무튼 학술서는 아니라는 뜻으로 쓴 표현이라고 생각하면 될 것이다. 이 책에서 다루고 있는 것은 일부만 남아 있는 원고들, 혹은 이런저런 내용으로 알려졌고 한때는 실물이 존재했음이 분명하지만 현재는 사라진 책과 원고들, 마지막 챕터는 애서가이자 다독가로 유명한 저자를 포함해 여러 주변 독서인들에게 맡긴 페이지로, '세상에 있었으면 하고 바라는 책들을 막연하게 써보자/있으면 좋겠다고 생각했는데 정말 있었던 책들/있을 법하고 그럴 듯하다고 생각되지만 실제로 존재여부는 알 수 없는 책들'에 관한 글로 이루어져 있었다. 책들 혹은 찰나의 생각들은 열차의 짐칸이나 식당의 의자에 놓고 오게 되니까. 그래서 이런 제목인가? 제목에 대한 설명은 원고에 없었다.

선생님이 맡긴 원고는 새롭게 사건을 의뢰받은 탐정의 이야기로 시작했다. 이것은 유명 시인의 일기에서 후에 발견된 탐정소설의 시작부분이었다. 아직까지 소설의 뒷부분은 발견되지 않았다고 한다. 연구자들은 시인이 탐정소설을 시도했을 것이라고 보았다. 혹은 다른 이름으로 발표하고 있었으나 생전에는 이를 밝히지 않았다는 의견도 있었다. 내 의견은 어쩌면 이것은 시인이 쓴 게 아니라 그냥 읽던 책을 베낀 것일지도 모른다는 것이다. 그런데 이 탐정소설이 전혀 유명하지 않고 알려지지도 않아서 시인이 썼다고 착각하는 것이 아닐까. 그렇게 생각하게 된 이유는 간단한데 이 소설의 다음 부분은 궁금하지만 시인의 시는 좋다고 생각한 적이 한번도 없기 때문이다. 어떤 것들은 존재하고 또 일부가 존재하고 알려지지 않은 방식으로 존재하고 알 수 없는 방식으로 살아남고 또 알 수 없는 방식으로 사라지고 또 생각지 못한 이유로 발견되는 건가. 시간이 좀더 흐른다면 시인의 시들은 사라지고 당시에는 전혀 유명하지 않았던 탐정소설의 작가가 새롭게 발견될지도 모른다. 이 원고가 책으로 나올 수 있을까. 나와도 재미있으리라는 생각이 들었고 동시에 어쩌면 이 원고는 스스로가 할애하고 있는 내용처럼 '책이 되는 경우'와 '책이 될 뻔한 경우'의 사이에서 존재하게 될지도 모른다고 생각했다. 혹은 '되는 중'에서 영원히 머무르게 될까? '책이 되는 경우'와 '책이 될 뻔한 경우'와 '되는 중'의 차이는 무엇일까. 어쩌면 고민의 여지없이 완성에서 멀어진 걸까? 멀어진 듯하다가 어렵게 완성이 되는 걸까.

선생님께는 원고가 재미있고 책으로 나와 서점에서 만나게 된다면 멈춰서 읽어보거나 사게 될 것 같다고 짧게 문자메시지를 남겼다. 원고 속 사례의 근거가 확실한지는 미심쩍다는 말을 덧붙이려다 말았다. 시계를 찾아준 탐정이 의뢰받은 다음 사건은 무엇이었을까. 그리고 그 사건

전에 맡은 자산가의 빌딩 경비일은 어땠을까, 오히려 경비일이 더 신경이 쓰였다. 의뢰인이 자산가이기 때문인지 그에게 커다란 비밀이 있고 탐정의 등장으로 그 감춰진 비밀이 드러나게 될지도 모른다는 생각이 들었다. 그리고 의뢰인은 사실 탐정에게 의뢰하기 전부터 남들 모르게 해결하고 싶은 어두움을 스스로 알고 있었겠지.

피에르의 책들이 이 원고에 소개되어도 좋겠다고 생각했다. 저자가 썼지만 쓰지 않은 책, 간단히 말해 가명으로 낸 책. 하지만 그는 전혀 유명하지 않으니 가명으로 낸다는 것이 어떤 개별적인 의미를 갖는지 자신할 수는 없었다. 또 가상의 이력으로 책을 낸 사람은 생각보다 많으니 어떤 차별점을 가질 수 있을까 싶기도 했다. 이력을 거짓으로 쓴 것은 어느정도의 잘못이며 어떤 벌을 받는지, 거짓은 아니지만 사실도 아닌 애매한 서술은 또 어떤 잘못인지도 잠깐 생각했다. 앨런 긴즈버그와 잭 케루악이 서로에게 보낸 편지를 모아 만든 책이 있다는 이야기를 들었을 때 그것이 왠지 꿈에서 들은 이야기 같다고 생각했다. 있을 법한데 정말로 있어서 신기한 기분이라 내가 그런 꿈을 꾼 것인가? 정말로 그런 책이 있다는 이야기를 들은 것이 맞을까 생각했다. 세상에 있을 법하고 찾아보면 있을지도 모르겠지만 존재 여부는 아직 알 수 없는 책 중에 읽어보고 싶다고 생각한 책은 80년대 미국 감옥에서 복역 중인 아시안 여성들의 인터뷰집이다.

🐾 사건 4

이상한 일은 그가 회색 캐시미어 니트를 입기 시작하면서부터였다. 처음에는 의식하지 못했다. 그런데 회색 캐시미어 니트를 입고 길고양이에게 평소처럼 말을 걸면

—안녕 어디 가니. 이쁜아.
—캬아아악!

꺼지라는 소리를 확실히 알아차릴 수 있었다. 마주치면 사료나 닭가슴살을 챙겨주는 아이들도 회색 캐시미어 니

트를 입은 날이면 주춤거리며 경계를 했다. 그 니트를 입지 않은 날에는 벌어지지 않는 일이었다. 그는 왠지 웃음이 나왔고 자신이 알 수는 없으나 거리낌 없이 받아들이게 되는 일이 생긴 것이 기뻤다. 그런 일은 거의 없었다. 뭐가 있을까 세상에 그런 일은 잘 없었다. 회색 니트와 관련된 일 말고는 떠오르는 것이 없었고 없었다. 그는 니트를 잘 개어 지퍼백에 담아 서랍에 두었다. 다른 옷이 없는 것도 아니었으니 아주 아쉽지는 않았다. 옷을 고르다 보면 가끔 서랍 속 니트가 생각났다. 겨울은 늘 길어 끝나지 않을 것 같지만 시간은 그럼에도 흘렀다. 어느새 봄은 찾아왔고 짧은 봄이 지나자 무덥고 긴 터널 같은 여름이 그를 기다리고 있었다. 새벽마다 고양이들의 울음소리가 잠결을 가르며 뻗어나갔다. 고양이들은 그렇게 만들어지기도 사라지기도 다시 나타나기도 한다. 나는 어떻게 생겨나느냐면, 그는 그런 생각을 했다. 잠결에.

『풍경 연구』 저자가 가상의 인물이라는 것을, 그러나 실제 인물과 아주 다르지만은 않은 '피에르'라는 인물을 설

정해서 책을 냈다는 것을 알아차린 것은 탐정 고양이 차미가 준 힌트 때문이었다. 차미는 가만히 잠을 자거나 종종 사냥 놀이를 하자고 제안하거나 화장실을 가거나 하며 하루를 보냈다. 그런데 내가 그의 책의 어떤 부분을 읽을 때면 그 책의 모순을 지적하고는 했다. 예를 들면 이런 부분.

여러 실내 중에서 방에 관해 이야기해야 할 차례이다. 사실 나는 이 책의 모든 부분에서 언뜻언뜻 방의 그림자를 드러냈을지 모른다. 방은 당신이 돌아가고 당신 자신을 비로소 드러낼 수 있는 공간이기 때문이다. 세상에는 여러 형태의 방이 있지만 나는 기본적으로 혼자만의 방에 관해서 이야기해보고자 한다. 당신이 여러 사람들과 함께 살더라도 방에는 당신 홀로 존재할 것이다. (혹은 당신이 방에서 다른 이들과 함께 산다고 하더라도 당신이 드물게 홀로 존재하는 시간을 생각한다.) 당신은 하루를 벗어두고 잠이 들고 어느 순간 잠이 깨어 어렵게 밖으로 나아간다. 뭔가를 챙겨 입고. 당신이 바닥에 누울 때 보이는 침대 밑의 먼지와 잃어버린 물건들. 무언가를 마음먹을 때 나타나는 언제 샀는지 알 수 없는 잃어버린 기억의 조각들. 방에서만 존재하는 여러가지에 대해서 나는 오래도록 이야기하고 싶어진다.

차미야 왜? 무척 평이한 이 부분은 다시 읽어보면 역시 나와 너무 가깝게 느껴져 의아한 기분이 들었다. 그리고 다시 읽어보면 역시……

나는 그가 만든 ANA 항공기 실내를 떠올렸다. 커피메이커는 깨끗한 편이었지만 바닥이 아주 약간 눌어 있었다. 우유나 설탕을 원하시나요? 종이컵에 든 진한 커피를 건네는 승무원에게 둘 다 달라고 말을 할 것이다. 그는 아버지로부터 받은 오피스텔에 세입자를 들이지 않고 오직 실내만을, 실내와 실내만을 만들고 있을지 몰랐다. 나는 실내에 대해 아는 것이 별로 없다. 다시 생각하면 풍경에 대해서도 잘 모르는 것 같다. 도시는 어떤 식으로 반복되는지, 서울은 어떻게 서울을 찍어내는지 설탕과 우유를 받았지만 아주 잠깐 사이 그 모든 것을 잊고 쓰디 쓴 커피를 다 마셔버리고. 컵 안에 뜯지 않은 설탕과 크림을 넣고 다시 찾아온 승무원이 들고 가기를 기다린다. 탐정소설의 마지막에서는 대개 문제가 해결되고 탐정은 사무실에 앉아 있다. 아니면 집에 앉아 있거나. 익숙한 곳에 앉아 있다. 서 있을 수도 있다. 차미는 차미가 가장 좋아하는 침대 발치에 앉아 잠을 자고 있었다. 수고하셨습니다.

10장

대전에 가 있던 기간은 하루뿐이었지만 친구가 집에 들러 차미를 챙겨주었다. 친구는 집에 종종 놀러왔지만 차미와 친하지는 않았다. 그래도 나쁘지 않은 사이이다. 이전에도 며칠 여행을 갔을 때 친구가 와서 차미를 챙겨주었다. 차미에게 밥을 주고 물을 주고 화장실을 청소해주고 간식도 주고 말도 걸어주고 놀아주려 시도하였다. 그보다 긴 여행을 가게 된다면 상상하기 힘들지만 친구에게 우리 집에서 살라고 부탁해야 할까 그런 생각을 잠시 했다. 내가 어딘가 가 있을 때 차미는 무얼 할까. 차미는 잠을 잔다. 차미는 침대가 좋다. 내가 먼 곳에서 오래 한달쯤 있다면 누군가 나의 집에서 차미를 도와주고 차미를 챙겨 주고 나는 먼 곳에서 그곳에 익숙해지려 노력하며 하루하루를 보낸다. 나는 그게 왜 이렇게까지 쓸쓸한 생각인가 잠깐 생각했다. 목발을 쓸 때는 거의 외국에서 사는 것 같았다. 이전과 완전히 달라진 길과 거리와 타려고 들면 탈 수 있겠지만 시도하기 망설여지는 지하철과 버스를 생각했다. 비가 오는 날 목발을 짚는 사람과 휠체어에 탄 사람들의 집으로 가는 길을 나는 이전에는 생각해본 적이 없었다. 목발은 아직 버리지 않고 베란다에 두었다. 차미는 목발을 자꾸만 때려서 쓰러뜨리려고 했다. 나의 눈으로는 볼 수 없는 침대 밑에 있는 눈이 보는 목발의 움직임들. 아무튼 나는 멀리 가보고 싶었다. 그런데 계속 방에 있고 싶었다. 대전 중앙로역 근처를 걸으며 모든 곳들이 어떻게 만들어지는지 생각했다. 이곳의 모두는 왜, 어디로 가고 있을까 집으로 돌아가 어떤 방에 누울까. 친구는 차미에게 욕을 먹었다. 차미는 친구를 여러번 보았지만 놀랐는지 탐탁지 않은지 언짢아했다. 그래도 친구는 차미에게 밥을 주고 물을 새로 갈아주었다. 간식도 주었다. 나는 나의 눈에 보이지 않는 것들을 모두 볼 수 있을 것이라고 이해할 수 있을 것이라고 생각하지 않았다. 공기는 다르고 차미는 목발을 때리고 목발은 차미를 위협하고 대전에서는 무엇이 반복되고 돌아갈 호텔의 방은 건조하고 실내 온도가 높을 것이다. 물론 온풍기를 켜고 나서의 이야기이지만.

주말에 친구가 집으로 찾아왔다. 친구에게 피에르의 이야기를 하였다. 친구는 피에르의 본명을 물었다.

—제 이름은 평범한데요. ○○○이예요.

피에르의 집에서 들었던 이름이 떠올랐는데 왜인지 말하기가 꺼려졌다. 내가 그게 하고 머뭇거리자 친구가 뭐야 비밀이야? 됐어 몰라도 돼 아냐 나중에 알려달라고 했다. 그런 친구의 이름은…… 그냥 공평하게 둘 다 말하지 않는 게 낫겠다. 아무튼 친구가 오기 전 피자를 시켜놓고 기다렸다. 지난번에 고기를 먹었으니까 오늘은 뭐 다른 거 먹자. 오랜만에 피자를 먹기로 하고 친구는 선물로 딸기를 받았다고 가지고 온다고 했다. 우리는 피자를 먹으며 이전에 본 영화를 배경음악처럼 틀어놓고 각자 핸드폰을 확인하고 또 아무것도 안 했다. 가끔 친구를 만나 동네를 걸으면 모르는 골목을 마주하게 되고 여기가 어디야 물으면 여기 그때 너 휠체어로 자주 다니던 길이잖아라는 답이 돌아왔는데 앉아서 보던 길과 일어서서 보던 길은 왜인지 어딘가 다르게 보였다. 피자를 세조각씩 먹자 아무것도 하고 싶지 않아졌고 쉬다가 커피를 내리고 딸기를 씻어왔다. 천천히 커피를 마시고 천천히 딸기를 먹었다. 우리에게는 소화시킬 겸 걷자라는 선택지가 있었지만 왜인지 둘 다 꾸물거리고 있었다.

—나 다쳤을 때 안 도와줬던 사람들 다 패고 다닐 거야.

—뭔가 아무것도 안 했는데 다 처리가 되는 거면 좋겠는데.

그런 게 계획적인 복수 같은 건가 생각하다가 나는 그런 걸 하고 싶은 게 아닌데. 이 개새끼 소새끼들 씨발놈들

나는 너를 인간 취급하지 않아라고 줘 패는 걸 하고 싶은 건데. 우리는 겨우 남은 힘을 그러모아 산책을 가기 위해 몸을 일으킬 수 있었다. 그래서 걸으러 밖으로 나왔다. 우리는 배를 꺼뜨리려고 했는데 피자 세조각은 웬만해서는 사라지지 않는가보다. 삼십분쯤 걷다가 집으로 왔다.

—나는 하네다로 도쿄에 가본 적이 없는데.

—나는 나리타로 가본 적이 없는데.

—거기에 가면 김포에서 하네다로 가는 기분을 알 수도 있는 건가.

—그럴지도 모른다고 생각하는데 내가 너무 그런 생각만 하는 건지 모르겠어. 그런 책을 읽고 계속 그런 생각을 하고 그래서 그렇게 느끼는 건가. 아무튼 그렇기는 했는데.

때마침 피에르에게 연락이 왔고 나는 친구와 함께 피에르를 만나기로 하였다. 그곳이 여전히 항공기 같으며 나는 창 너머 저편이 구름이라고 여전히 믿게 될까. 친구는 나를 데려다주고 우리는 손을 흔들었다. 너는 너의 집으로 방으로 나도 얼른 방에서 침대에서 이불 안으로. 그것을 잘 이해하는 것은 이불 안에서 진지를 구축할 수 있는 어린이일 것이다. 잠이 들고 나를 씻어 말리듯 널어놓는 기분으로 일어나 회사에 가야 하겠지만 어쨌든 방으로 침대로 이불 속으로.

친구와 나 피에르는 계양역에서 만났다. 지난번처럼 인천공항에서 만나서 갈까 생각했지만 세명의 시간이 맞지 않았다. 공항철도는 여러곳을 지나고 거기에는 공항과 상관없는 번화가 오피스 거리 어떤 곳 어떤 곳들이 대부분이지만 왜인지 공항철도를 타는 것만으로 공항에 가는 건가 어딘가 새로 만든 레일이 있고 트렁크를 끌고 다니고 그곳으로 가는 건가 하는 기분이 들었다. 계양역은 서울에서 생각보다 가까웠고 그곳에는 아무것도 없었고 우리는 인적이 드문 길을 걷거나 인천 지하철로 갈아타거나 버스를 타거나, 피에르가 차를 가지고 왔다고 했다. 나와 친구는 뒷자리에 타고 자동차 시트가 따뜻해지고 나는 차미를 생각했다. 고양이들은 차를 타면 무서워하고 괴로워하겠지? 아니면 좋아하는 고양이도 어쩌면 있겠지. 내가 운전하고 나와 차미만 타는 차도 고양이들은 힘들어할까 그런데 따뜻한 자동차 시트는 좋아할 것 같았고 이 새 시트를 얼른 발톱으로 뜯어놓고 싶겠지 생각하다가 부드러운 털 만지고 싶고 봉제인형에서 나는 냄새와 땅콩버터 냄새를 섞은 것 같은 차미의 냄새. 나는 너가 너무 좋아. 그의 오피스텔까지는 더 긴 생각을 할 수 없을 정도로 가까웠다.

—이렇게 가까웠나요?

—별로 멀지 않아요. 그런데 걷기엔 좋지 않죠 길이.

—초대해주셔서 감사해요.

셋은 어색하게 한마디씩하고 인사하고 또다시 인사하고. 그는 괜찮으면 외투를 걸어주겠다고 하였다. 내 코트에 붙어 있는 고양이털이 왠지 반복하는 장면 같고 이것은 기꺼운 반복이라고 생각했다. 무슨 이야기를 하기 전에 가벼워진 옷차림으로 서 있는 세명의 성인은 창밖의 눈을 보고 눈이다 낮게 탄성을 지르고 큰 창으로 다가가고 눈에도 무게가 있잖아. 함박눈이 아니라 가볍게 흩날리는 눈을 보며 문득 뭔가 잘못된 것 같아 시간이 너무 지난 것 같아 우리는 돌이킬 수 없게 되었다고 울리는 가벼운 외침을 각자의 가슴속에서 느꼈다. 왜 아이처럼 시간이 막연할 정도로 많지 않을까? 우리는 일을 하고 차를 타고 운전을 한다. 친구는 피에르의 이름을 묻고 뭐라고 불러야 되냐고 묻고 피에르도 친구의 이름을 묻고 나는 정수기에서 물을 마셔도 되겠느냐고 묻고 가루처럼 흩날리는 눈과 서 있는 두 사람을 보다가 미지근한 물을 삼켰다. 송년회도 신년회도 아니지만 우리는 식탁에 앉아 샴페인과 와인과 그런데 운전할지도 모르니 저는 토닉워터를 마시겠어요. 치즈와 샐러드와 과일을 먹고 커피를 마신다. 함께 먹기 위해 가져온 쿠키와 케이크를 먹고 홍차를 마시다 그의 안내로 기내에 준비된 좌석에 앉았다. 그는 또다시 종이컵에 커피를 주었고 기내는 건조했고 따뜻했다. 나는 눈을 감고 졸다가 깨어나 그외에 달리 할 일이 없을 때 정말로 다른 것이 금지된 상황에서의 독서를 했다. 친구는 계속 창에 기대 잠을 잤다. 친구가 잠에서 깨어났을 때 두시간이 지나 있었고 우리는 거실로 나와 홍차를 한 잔씩 더 마셨다. 피에르는 우리를 집까지 데려다주었고 눈은 흔적도 없었다. 올해는 눈을 제대로 못 봤네. 나는 어느 해 겨울에 본, 눈이 하염없이 내리고 쌓이고 치우고 내리고를 반복하던 도시를 떠올렸다. 눈이 보고 싶어졌다. 차미의 배에 나의 시린 손을 넣으면 어떻게 될까? 차미는 먀- 조용히 일어나 밥을 먹으러 갔다.

이런 한주. 긴 겨울에 해내는 몇가지 일들.

어디서 들고 왔는지 차미는 세이코 시계를 다시 꺼내와 앞발로? 손인가요? 마구 때렸다.

나는 시계를 서랍에 넣었다. 방 안을 청소하고 테이블 위를 치우고 버릴 것들을 버렸다.

이렇게 간신히 해내는 몇가지 일들.

11장

한참 전에 걸었던 길을 떠올리려고 마음먹으면 어느 정도 해낼 수 있을까. 귤껍질과 사탕껍질과 원두가 든 커피 필터를 버리고 물티슈로 닦은 테이블에 친구가 앉았다. 나는 오랜만에 원두를 갈아 커피를 내렸다. 친구는 여름에 베를린에 간다고 말했다. 도서관에서 빌려온 여행책을 테이블에 올려놓고 읽고 있고 나는 칠년 전에 갔던 베를린의 공원을 반복하려고 하였다. 지하철역에서 내려 길을 걷고 눈을 감고 구두를 샀던 신발 가게를 지나고 늘 구경만 하던 배낭과 등산용품을 파는 가게와 그 옆 레코드 가게를 지나고 매일같이 가던 까페와 그렇다면 들어가서 커피를 마시려는데 내가 자주 앉던 자리는 가장 안쪽 소파인데 주문을 하고 커피를 받아 안쪽으로 들어가고 커피를 마시며 책을 보는 나를 앉혀두고 계속 걸었다. 나는 진한 커피를 두잔 마실 것이다. 이것이 내가 가진 삶인지 가볍게 의심할 것이다. 다양한 향신료를 파는 마트를 지나 마트 뒤쪽에서는 아이스크림을 팔았고 아이스크림 가게 앞에는 벤치가 있었고 벤치를 등지고 왼쪽으로 가면 묘지가 나왔고 오른쪽으로 가면. 그런데 여기서 어떻게 공원에 갔더라 가방에 담요를 넣고 요거트를 사서 걷던 길과 아이스크림 가게 앞 벤치는 어떻게 연결되는 것일까. 우리가 갔던 길들이 몇개의 지구들로 뛰어가고 있었다. 벤치에서 공원으로 공원에서 어쩐지 이곳은 샌프란시스코에서 들렀던 공원 같네. 샌프란시스코에 갔던 것은 거기서 십년 전의 일로 그곳의 약도는 대부분 사라져 공간들이 떠다녔다. 공원과 5층짜리 레코드 가게와 나에게 욕을 하던 거지와 서점과 숙소와 친구가 살던 낡은 호텔.

🐾 사건 7

눈이 내리는 밤이었다. 탐정은 새벽까지 경찰서에 있었다. 사무실에 나오지 않을 계획이었으나 습관처럼 나와 신문을 읽고 담배를 피우고 편의점에서 사온 샌드위치를 먹고 신문을 다시 읽었다. 신문을 두번째 읽었을 때 그는 칠년 전, 아니 팔년 전인가 자신에게 아들의 경호를 맡아 달라고 의뢰했던 자산가의 이름을 발견하였다. 아들의 경호가 진짜 의뢰는 아니었으나 어쨌거나 의뢰인은 아들과 재산을 무사히 지킬 수 있었다. 이번에는 아들도 빌딩도 문제가 아니었고 그 자신의 이름이 여당 의원의 뇌물수수 관련 보도에 오르내리고 있었다. 팔년 전, 사건이 해결된 이후 의뢰인의 막내아들은 탐정이 되겠다고 하였다. 투자에 능한 혹은 투기라고 해야 할지 그 둘의 차이를 의뢰인이라면 정확히 설명할 수 있었겠지만 탐정은 구별하기 힘들었다. 어쨌거나 투기와 투자에 능한 의뢰인이 오십이 넘어 얻은 막내아들은 어딘지 딱딱하고 아버지를 닮은 얼굴을 하고 있던 형들과는 달리 물론 형들이라고는 해도 나이가 스무살은 차이났지만 아무도 닮지 않은 얼굴에 활

발한 아이였다. 모두가 자신을 좋아해줄 것이라 믿는 얼굴이라고 해야 할까. 아무튼 그 아이는 옆에서 알려주지 않으면 잘못 들어선 길을 끝까지 여러번 반복해서 가는 아이였는데 음감이 뛰어난 점 운동신경이 뛰어난 점 숫자를 금세 외우는 점처럼 길을 잘 찾는 점도 충분히 구별 가능한 종류의 재능이었다. 물론 반대도 마찬가지였다. 글쎄, 네가 어른이 되어서는 어떤 세상일지 모르겠지만 길을 못 찾는 탐정은. 그때 그는 아버지에게 물어보라며 아이의 등을 두드렸다. 아이는 손을 흔들며 나이든 아버지를 향해 뛰어갔다. 그 아이가 제대로 자랐다면 올해 대학에 입학할 즈음의 나이일 것이다.

길을 헤매는 탐정이라.

어떤 비유가 가능하지 않은 것 같다고 생각했는데 단지 자신이 생계를 꾸려나가는 일이라서인지 어이가 없는 내용이라서인지 아무튼 이런 건 뭐랄까 암산을 자꾸 틀리는 회계사 같은 걸까 생각했다. 하지만 요즘은 다를지도 모르겠다. 공중전화에서 주소를 물어보며 어느 사거리에서 무슨 타워 방향으로 가다가 몇번째 블록에서 꺾다가 이런 식으로 길을 설명하는 사람은 사라지고 없었다. 탐정이라는 일도 직업으로 얼마나 오랫동안 가능할지 점점 알 수 없지만 말이다. 탐정은 문득 오래전 읽은 아베 코보의 소설 『불타버린 지도』를 떠올렸다. 탐정이 주인공인 소설인데 이 탐정은 한심하게도 언젠가부터 길을 잃어버린다. 길을 잃다 결국 자신마저 잃고 실종이 되어버린 혹은 실종의 길로 스스로 걸어 들어간 탐정의 마지막 모습에서 소설은 끝난다. 한심하다고 할 수는 없겠군. 소설 속 탐정이 의뢰받은 사건은 실종된 남편을 찾아달라는 의뢰였다. 남편을 잃어버린 여자가 사무실로 찾아갔던가 아니면 어디선가 다른 곳에서 의뢰를 받았던가. 정확히 기억나지는 않지만 의뢰인인 여자의 집으로 갔을 때 딱히 남편을 찾으려는 의지가 강해 보이지도 않고 어딘가 이야기에 집중하지 못하는 여자의 분위기가 기억이 났다. 거의 새벽까지 밤을 샜음에도 왠지 신경이 예민해져 담배를 피우고 있었다. 눈은 거리에 쌓이지 않고 얇게 흩날리고 있었고 눈 구경을 하기 힘든 해였다고 생각하며 환기할 겸 창문을 열었다.

—길치는 탐정이 못 되나요?

—될 수도 있겠지. 그런데 넌 아직 운전도 못하지 않나?

—절 기억하시는군요.

탐정은 아버지의 이름이 뉴스에 오르내리는 일을 겪고 있을 십대 후반 어쩌면 이제는 성인이 되었을 청년의 불안한 얼굴을 보았다. 그의 얼굴에서는 어릴 적 끝없는 낙관의 표정이 아직 사라지지 않았다. 탐정은 아버지의 이름을 오늘 신문에서 봐서 기억이 났을 뿐이라고 짧게 말했다.

—길치여도 사건 의뢰는 할 수 있겠죠.

—아니. 아버지 일에 관련해서 내가 알 수 있거나 할 수 있는 일은 없어.

—숨겨진 일이 있어도요?

—그 일을 가장 잘할 사람들은 아마 지금 잠도 안 자고 네 아버지에 관해 조사하고 있을 거야.

청년은 그렇다면 이 부탁이라도 들어달라는 듯, 이곳에서 자고 가면 안 되냐고 물었고 탐정은 창가로 가서 건물 아래 청년을 쫓아온 남자들을 손으로 가리키며 어떻게 건물 뒷문으로 빠져나가는지를 알려주었다. 청년은 울어야 할지 웃어야 할지 정하지 못한 표정으로 나갔다. 그 이후 사무실을 찾아온 사람들은 다음과 같았다. 일간지 기자 한명, 주간지 기자 두명, 그리고 사무실 문을 두드리지는 않았지만 건물을 훑어보고 간 남자 두명. 길을 헤매는 청년이 사람을 점점 더 몰고 올 것 같아 일어나야겠다고 생각을 했다. 재떨이를 손님용 의자에 두고 외투를 꺼내 들었을 때 바닥에 검정 가방이 보였다. 가방 안에는 청년의 아버지이자 팔년 전 의뢰인의 이름과 뉴스에 오르내리는 정치인의 이름과 숫자들이 적힌 서류가 들어 있었다. 일부러 놓고 간 것이었다. 탐정은 골치 아픈 일을 처리하기 전에, 아니 처리도 아닌 시작조차 하지 않고 없던 일로 되돌리기 위해 다시 담배를 입에 물었고 잠시 후 재떨이에 손을 뻗었을 때 회색 코트와 회색 담뱃재 모두 사라지고 없다는 것을 알았다. 그를 바라보는 턱시도 고양이는 발톱이 지면에 닿는 가벼운 소리 외에는 거의 아무 소리도 내지 않으며 그를 지나 그의 의자로 가볍게 올라가 앉았다. 탐정의 의자에 앉아 먀 하고 소리를 낸 고양이는 이제부터 사건을 해결하겠다는 듯이 다시 가볍게 책상 위로 올라가 그를 바라보았다.

—그래, 적어도 길치는 아니겠지.

그는 히터를 켜고 외투를 입지 않은 채 주차장까지 가는 일, 집 근처 주차장에 차를 주차하고 다시 집까지 걸어가는 일, 고양이를 두고 사무실을 떠나는 일 그리고 청년이 두고 간 가방과 아마도 사무실을 여전히 감시하고 있을 사람들에 대해 생각하다가 사무실 구석에 접어둔 소파식 침대를 펴고 먼지 냄새가 나는 담요를 꺼내왔다. 고양이는 이제 탐정 업무는 끝났다는 듯이 다시 메오 하고 울더니 가볍게 내려와 침대로 올라왔다. 그의 사무실에서 이런 일이 벌어졌다. 이미 탐정인 고양이가 나타났다. 고양이가 길을 잃을 리는 없을 것이다. 탐정이 못 될 이유가 하나도 없다고 생각하며 침대에 누워 담요를 덮었다. 눈을 뜨면 고양이가 두마리가 되어 있을지도 모를 일이다. 그래도 놀라지 않을 것이다.

12장

친구는 책이 말하는 많은 사람들의 여행이 말하는 베를린을 머릿속으로 그리고 있었다. 나의 길은 친구의 길과 겹쳐지다가 우리는 같이 커피를 마시며 걷다가 공원에 담요를 펴고 눕는데. 하늘을 보면 약간 구름이 낀 하늘이 보이고 고개를 돌리면 친구의 얼굴이 보이다가 가끔 나의 머리카락 사이로 얼굴을 알 수 없는 그러나 손을 뻗어 만지고 싶은 사람들의 얼굴이 나타났다가 사라졌다. 누군가는 내게 말을 걸었다. 영어로. 그리고 나와 친구는 가져온 담요와 음료수를 가방에 넣고 공원을 빠져나가고 공원 입구의 망아지들이 자라는 우리로 가서 말똥 냄새를 맡으며 망아지를 구경했다. 나는 길을 걷다가 길을 몰라서 점점 사라지고 친구는 이미 외운 길로 뚜렷하게 걸어갔다. 나는 눈앞의 친구의 머리를 양손으로 잡았다.

—자고 있었어?

—아냐 무슨 소리야. 눈 뜨고 책 보고 있었는데.

나는 자기 전에 열심히 아직 남아 있는 길들을 내가 떠올려볼 수 있는 길들을 걸어볼 것이다. 우리는 각자의 일을 하고 친구는 책을 보고 나는 잠깐 잠을 잤다. 차미는 침대 끝에서 잠을 잤다. 그사이 친구는 점점 더 또렷해진 베를린의 거리를 걷고 또 걸었을 것이다. 나는 아무 생각하지 않고 잠을 잤다. 잠에서 깨어나 옷을 걸치고 친구를 바래다주고 돌아오는 길에 장을 보고 친구와 피에르네서 눈을 바라보았던 것을 잠깐 떠올렸다. 내일이 오는 일이 무섭고 우리는 생각을 안 하고 사는 일을 한다. 문을 열자 차미가 어딘가에서 어딘가로 책상 다리에서 침대 다리로 바닥에서 바닥으로 이동하는 소리가 들렸고, 차미를 처음 만난 때는 이년 전의 일로 그때 차미는 한 손에 들어오는 작은 쥐 같았다. 요즘 생각엔 차미는 잠을 많이 자고 나는 자는 것을 좋아하니 자미라고 속으로 불러볼까? 장 본 물건을 정리하고 냉장고에 넣고 뒤를 돌았을 때 방은 여전히 좋으며 방은 어느새 이전의 시간에서 스스로를 복원해 저녁의 방에 어울리는 방으로 회복되었고 그 사이를 차미가 뛰고 있었다. 침대에서 바닥으로 담요에서 바닥으로. 탐정 고양이 차미는 내가 잠깐 방을 비운 사이 해결한 문제를 내게 설명해주었다. 나는 옷을 팔에 걸친 채로 침대에 누워 눈을 감은 채로 우리의 문제와 누군가의 해결을 들었다. 탐정 고양이 차미는 어려움에 처한 직업 탐정 사람을 도왔다. 탐정 사람은 꽤 프로였던 것 같지만 사람이 모든 것을 알지는 못한다. 뒷골목과 지붕과 구석과 담장을 탐정 사람이 얼마나 알겠어? 나는 맞장구를 쳤다. 차미는 탐정 사람의 팔 옆에 고개를 묻고 딱딱하고 먼지 냄새가 나는 침대에 몸을 웅크리고 잠을 자고 나는 그런 차미를 안아 나의 침대로 옮겼고 옮기는 찰나 차미는 또 팔에서 침대로 바닥으로 책상 의자로 움직였다. 의자에서

야- 나는 몸을 돌려 차미를 보며 해결된 문제들은 한편 다른 문제를 불러오는 것 같다는 생각을 했다. 문제가 해결되기 때문에 탐정 사람은 살아가고 제대로 해결되지 못한 문제들은 언제나 사무실에 화분처럼 연필깎이처럼 존재한다. 그것은 사라지지 않는다. 해결되지 못한 문제는 끝까지 없앨 수 없이 우리에게 남아 있다.

베를린에서 돌아오는 길에 나는 생각했다. 길을 매일 걷는 사람이 있었다. 그 사람은 누구일까? 베를린에서 어떻게 이 방으로 찾아왔는지 도달했는지 그것은 잠으로 연결되었는지 어쩌면 가능한 이야기이다. 해가 바뀌자 시간은 가속도를 밟으며 흘러갔고 연말은 왠지 먼 옛날 같았다. 회사는 우울했고 나는 내가 탐정의 사무실 연필깎이 같다고 생각했다. 해결이 안 된다. 탐정의 사무실에서 연필은 쓰지 않는다. 그런데 계속 존재하고 있다. 그러나 이런 이야기를 하면 이상한 것 같다. 침대에서 울다가 어딘가에 가봐야겠다고 무언가를 정말로 물체처럼 덜어서 서랍에 넣고 싶다고 생각하면서 잠을 잤다. 잠이 정말 좋았다.

또다시 공항철도에 올랐고 피에르는 여전히 할 일이 무척 많고 할 일이 전혀 없는 사람 같았다. 그는 유람선을 촬영하는 일을 하는 자신의 형 이야기를 하였다. 피에르의 형제는 모두 직업 같지 않은 직업을 갖고 있었고 나는 거기에 아무런 감정을 가지지 않으려 했고 실제로 피에르가 향이 좋은 홍차와 부드러운 초콜릿을 갖다 주자 이제 부럽지 않군 생각했다. 그의 형이 찍은 유람선 내부와 바다를 보다가 이런 영상은 시간이 십년 이십년 흘러도 화질 외에는 거의 아무런 시간의 흐름을 느낄 수 없겠다고 생각했다. 피에르는 그렇지 않다고 바다 풍경만으로 유추할 수 있는 것들이 많고 유람선 실내로 알아차릴 수 있는 것도 많다고 했다.

—그런데 무슨 말인지는 완전히 이해해요. 당장 우리 집 앞같이 사람이 별로 지나다니지 않는 골목을 반복해서 찍어도 유람선을 찍은 것과는 비교가 안 되겠죠.

—그런 말이에요, 제가 생각하는 게.

그의 형은 어쩌면 다른 곳에서 유람선 실내를 만들고 있겠군 생각했다. 어디라도 상관없을지도 모르지만 부산이라면 더욱 적절할 것이다. 남포동과 영도대교 사이 여객터미널 근처 오피스텔 초인종을 누르면 피에르의 형이 우리를 안내하고 우리는 유람선에 탄다. 나의 친구는 멀미를 하는 사람 나는 눈을 감고 잠을 자버리는 사람. 바다 냄새를 맡고 있다고 어디까지 나의 후각을 믿을 수 있을까 생각을 하며 잠에 빠져들 것이다.

—형이 부산에 사는 건 맞아요. 형은 저와는 달라요 완전히. 형은 제대로 회사에 다니고 휴가를 받을 때나 촬영을 하는 사람이에요. 아마 실제로 만나면 아주 다르다고 생각할거예요.

하지만 오피스텔에 사는 건 맞다고 말하며 웃었다. 거기에는 유람선이 있을까? 화면은 싱가포르에서 유람선을 타는 장면으로 바뀌었다. 우리는 홍차를 새로 우려 한잔 더 마시고 일어나서 기내에 탑승했다. 어쩌면 두시간 후면 하네다 공항일지도 모르겠다는 생각이 들었다. 그렇다면 나는 모노레일을 타고 시나가와역까지 갈 것이고 거기서 또 숙소를 향해 지하철을 한두번 갈아타고 오늘은 어깨에 멘 가방이 전부이므로 가벼운 자세로 조금 걸어도 되겠지라는 마음으로 걷게 될 것이다.

잠에서 깨어났을 때 이곳이 어디이고 지금은 몇시인지 스스로를 흔들어보는 시간을 갖다가 실제로 감은 두 눈을 떴을 때 이곳은 도쿄에 들를 때면 늘 묵던 오래된 호텔이었고 약간 낡았지만 깔끔하게 세탁된 시트 위였다. 세수도 하지 않은 채 친구에게 전화를 걸었다. 친구는 자랑하듯 내 침대에서 차미와 함께 있는 장면을 보여주었다. 차미는 먀- 차미는 먀- 먀먀- 가볍게 침대에서 내려와 꼬리만 짧게 보였다. 나는 기내를 만들어낼 능력은 없고 지금은 여권도 없고 영사관에 들르고 사정을 말하고 그러나 나에게는 출국 기록이 없을 것이다. 나는 본의 아니게 이곳에 의도치 않은 방식으로 존재하게 될 것이다. 고양이는 어떻게 존재하게 되지? 우리는 그걸 이해하지 못하고 늘 여러 생각들을 해보고. 나는 어떻게 있는 거야? 그건 내가 해결해야 하지만 탐정 고양이 차미, 내가 사는 나의 방에 내가 나타나게 도와줘! 나를 해결해줘! 그리고 나는 가운을 벗고 편한 옷을 걸치고 조식을 먹으러 갈 것이다. 중요한 모든 것은 방에서 나타나고 사건은 방에서 사실도 방에서 벌어지고 발생하고 문을 닫고 나가 우리의 할 일을 하고 다시 문을 열기 위해 손잡이를 잡을 때. 나는 기억 저편 루소를 잠깐 떠올렸고 모든 방은 스스로를 복원하며 방 바로 그 자신이 될 것이다. 그렇게 드러나는 방에 나는 나타날 것이고 모두가 나를 기다리기를 바라며 몸을 일으켰다.

다른 이야기

차미 새미 보미

❖「차미 새미 보미」는 서울시립 북서울미술관에서 진행된 강서경 작가의 전시 『사각 생각 삼각』의 일환으로 쓰였으며, 동명의 전시 도록에 수록되었다.

차미는 세살 된 고양이이다. 세살 된 고양이는 무얼 할 줄 아니? 차미는 이야기를 할 줄 알고 울기도 하고 화가 나면 으르릉거리기도 하고 밥도 먹고 모래놀이도 하고 기분이 좋을 때는 보미의 다리를 꼬리로 살짝 감기도 한다. 그리고 혀로 발도 핥고 등도 핥고 깨끗하게 몸을 단장할 줄도 안다.

새미와 보미는 둘 다 사람이다. 보미는 서른살 된 사람이다. 새미는 일곱살 된 사람이다. 차미 새미 보미는 한집에서 살고 있다. 보미는 그림을 그리고 음식을 만들고 차미와 놀고 새미와 논다. 새미는 눈을 뜨면 차미에게 잘 잤냐고 인사를 하고 보미에게 잘 잤다고 말하고 잘 때도 보미와 차미에게 잘 자라고 인사를 한다.

서른살 된 사람은 무얼 할 줄 아니? 보미는 청소를 할 줄 알고 볶음밥도 떡볶이도 만들 줄 안다. 새미는 무얼 할 줄 아니? 새미는 노래 부르며 춤을 출 줄 알고 종이를 찢을 줄 알고 차미와 놀 줄 안다.

차미는 높은 곳에서도 가볍게 뛰어내릴 수도 있고 높은 곳으로 뛰어오를 수도 있다. 차미의 털은 부드럽고 땅콩 냄새가 난다. 차미는 몸을 둥그렇게 말 수도 있고 길게 펼 수도 있다. 새미는 차미처럼 가볍게 뛰고 싶고 혀로 털을 핥고 싶었다. 그러려면 고양이가 되어야 했다.

새미는 차미에게 물었다.

"차미야 어떻게 하면 고양이가 되는 거야?"

"고양이가 되려면 일단 고양이처럼 울어야지."

새미는 목을 가다듬고 여러 소리를 내며 연습을 하였다.

먀먀먀먀 먀오

오오오 우우우

웅냐냥 웅냐앙

미야아아아아아 우우우

뺘뺘뺘뺘 뱌뱌뱌

우우 우우우우 구구구

삐삐 빼빼 뺘뺘 뺘뺘

새미는 여러번 연습을 했다. 밥과 계란말이를 먹다가 수저를 내려놓고 고양이 울음을 연습했다. 그런데 밥을 먹다 말고 놀면 안 돼. 새미는 밥을 다 먹고 고양이 울음을 연습했다.

먀먀먀먀 먀오

오오오 우우우

응냐냥 응냐앙

미야아아아아아 우우우

빠빠빠빠 바뱌뱌

우우 우우우우 구구구

삐삐 빼빼 빠빠 빠빠

"왜 고양이가 되지 않는 거야?"

새미는 연습을 하였지만 여전히 사람이었다. 나도 고양이처럼 높은 데서 가볍게 뛰어다니고 털을 날리고 혀로 발을 핥고 싶어. 어떻게 하면 고양이가 되는 걸까? 새미는 스케치북에 크레파스로 그림을 그리다가 다시 차미가 우는 것처럼 울어보려고 연습하였다.

먀먀먀먀 먀오

오오오 우우우

응냐냥 응냐앙

미야아아아아아 우우우

빠빠빠빠 바바바

우우 우우우우 구구구

삐삐 빼빼 빠빠 빠빠

그리고 화가 날 때 내는 소리도 연습하였다.

으르루르르릉 으 르르르흐흐르릉

으르루르르릉 으 르르르흐흐르릉

"우는 소리만으로는 고양이가 될 수 없어. 고양이가 되려면 꼬리가 있어야 해."

"꼬리는 어디서 나는 거야?"

"꼬리는 고양이 백화점에서 살 수 있어."

둘의 이야기를 듣던 보미가 다가와 말했다.

"어머 고양이 백화점? 그러고 보니 이런 걸 받았어."

보미는 가방에서 고양이 백화점 전단지를 꺼냈다.

[고양이 꼬리 판매]

-행복을 드리는 고양이 백화점-

"고양이 백화점이라는 곳이 있었네?"

"어디 있는 거야?"

"여기 약도가 그려져 있어. 여기에서 멀지 않아."

보미는 이 기회에 다 같이 고양이 백화점에 가보자고 하였다. 새미는 백화점에 가본 적은 있지만 고양이 백화점은 처음 가보는 것이라 신기하고 들떴다. 새미는 얼른 좋아하는 옷을 챙겨 입었다. 보미도 옷을 갈아입었다. 새미와 차미는 수레에 탔다. 보미는 새미와 차미에게 안전벨트를 매주었다. 벨트로 새미의 어깨와 배를 채우고 차미의 어깨와 배도 채웠다. 보미는 손수레를 끌며 집을 나섰다. 집을 나와 걷다보니 벽에는 고양이 백화점 광고 전단이 붙여 있었다.

[5층 모래를 새로 바꿨습니다.]

[새로운 수염이 들어왔습니다.]

[꼬리 일주일간만 팝니다.]

[하루 종일 열려 있습니다. 언제라도 환영.]

전단 끝에는 모두 '행복을 드리는 고양이 백화점'이라고 써 있었다.

전단이 붙은 벽을 지나 좀더 걷다보니 고양이 백화점이 나왔다. 보미는 입구를 찾았지만 고양이 백화점 입구는 한번에 찾기가 힘들었다. 어디지? 차미는 수레 안에서 "거기 아냐!" "저리로 가라고!" 큰 소리로 말했다. 문을 찾아 들어가자 계단이 보였고 수레를 세우고 차미와 새미를 내려주었다. 차미를 내려놓자 차미는 신나서 계단을 내려가다 뒤를 돌아보고 말했다.

“할 일이 많다구. 얼른 따라와.”

새미와 보미는 차미를 따라 계단을 내려갔다. 계단을 내려가자 좁은 길이 이어졌다. 길은 격자무늬로 된 벽으로 둘러싸여 있었다. 보미는 이 무늬가 뭘까 신기하다고 생각하며 바라보았다. 신이 나서 앞서 가던 차미도 벽이 마음에 들었는지 멈춰 서서 발톱으로 긁기 시작했다. 새미도 차미를 따라 손톱으로 벽을 부드럽게 긁기 시작했다. 어느새 보미도 새미와 차미를 따라 벽을 긁었다. 새미는 차미보다 키가 크고 보미는 새미보다 키가 크다. 두 사람과 한 고양이는 나란히 서서 벽을 긁었다.

“백화점에서는 정말 할 일이 많구나.”
“나는 그래서 백화점이 좋아.”
“나도 백화점이 좋아.”

차미는 백화점이 좋다고 다시 한번 말했다. 새미도 나도 나도 하고 말했다. 검은 테두리를 가진 서로 다른 크기의 사각형이 겹쳐진 무늬가 벽에 그려져 있었다. 보미는 그 무늬가 마음에 들었다. 벽을 보고 벽을 긁으며 시간을 보내던 차미 새미 보미는 다시 걷기 시작하였다.

벽을 지나 걷다보니 수염 가게가 나왔다. 어떤 곳은 고양이가 고양이 수염을 팔고 있었고 어떤 곳은 사람이 고양이 수염을 팔고 있었다. 새미와 보미는 고양이 수염을 구경했다. 바닥에는 얇은 모래가 깔려 있었다.

"꼬리를 사는 김에 수염도 사는 게 어때?"

이 말을 하는 차미의 얼굴은 자신만만해 보였고 수염은 무척 멋있어 보였다.

"수염도 살래."

새미는 고양이에게 고양이 수염을 샀다. 새미는 코밑에 고양이 수염을 붙였다. 수염을 단 새미는 연습했던 고양이 울음소리를 내었다.

먀먀먀먀 먀오

오오오 우우우

미야아아아아아 우우우

치즈 고양이 한마리가 먀오라고 작게 말하며 새미를 수상한 눈으로 보며 지나갔다. 새미는 천천히 네발로 치즈에게 다가가 먀오 하고 말했다. 치즈도 천천히 새미에게 다가와 몸을 스치고 갔다. 수염을 팔던 검은 고양이가 어느새 지겨웠는지 수염 가판대 위로 올라가 몸을 쭉 뻗고 누웠다. 검은 고양이의 수염은 무슨 색일까? 수염도 검은 색일까? 그럴 리가 없지. 검은 고양이의 수염도 흰색이다.

수염을 다 구경한 새미와 보미, 차미는 2층으로 올라갔다. 2층 문에는 보자기 같은 천이 걸려 있었다. 천을 걷고 들어가자 꼬리를 파는 가게들이 보였다.

"꼬리는 여기서 사는 거야?"

새미는 차미에게 물었다. 차미가 대답하기 전에 가게에서 사람이 나와 차미 새미 보미를 안내했다.

"꼬리는 어떤 분이 사용하실 것인가요?"

가게 주인은 여러 꼬리들을 보여주었다. 꼬리들은 털로 만들어진 것이 아닌 풀로 엮인 풀꼬리였다. 빗자루 같기도 했고 풀로 엮은 풀목걸이처럼 보이기도 했다. 보미는 그럼 나도 같이 사볼까 하는 생각이 들었다.

"저희 둘이요."

보미는 함께 꼬리를 사겠다고 대답하였다. 고양이 백화점에 올 때만 해도 새미와 같이 꼬리를 살 것이라고는 생각지도 않았는데 말이다. 보미는 풀꼬리가 마음에 들었다. 그리고는 물었다.

"꼬리를 달면 고양이가 될 수 있나요?"

"그것은 각자 하기 나름이랍니다."

주인은 고양이가 되려고 꼬리를 사는 사람은 많지만 실제로 모두가 고양이가 되지는 않는다고 하였다.

"고양이가 되신 분들은 다시 알아볼 수 없으니 어떤 분들이 고양이가 되신 건지 알 수는 없지만요. 물론 고양이가 되신 후로도 저희 가게에 찾아주시는 분들도 계시긴 합니다."

다른 가게에서도 꼬리를 사러 온 사람들이 보였다. 사람들은 왜 꼬리가 없고 고양이는 왜 꼬리가 있는 걸까? 보미도 그것이 궁금하였다. 새미와 보미는 가게 주인이 보여준 꼬리를 살펴보았다. 꼬리는 이게 고양이 꼬리인가? 본 적 없는 풀로 만들어진 긴 끈 같은 것이었다. 그래도 새미와 보미는 주인이 추천해준 풀꼬리를 달고 가게를 나왔다. 수염과 풀꼬리를 단 새미는 차미의 얼굴에 얼굴을 부볐다. 차미도 새미의 턱에 얼굴을 부볐다.

백화점 2층 가운데에는 큰 나무가 있었고 사람들 몇몇이 앉아 있었고 회색 고양이가 사람들과 약간 거리를 두고 자고 있었다. 그 뒤로 고등어 고양이가 졸린 듯 감은 듯 눈을 가늘게 뜨고 있었다. 새미는 나무를 향해 천천히 네 발로 토토토토 어쩐지 이전보다 가벼워진 발걸음으로 다가갔다. 새미의 풀꼬리는 어느새 위로 부드러운 곡선을 그리며 올라와 있었다. 고등어 고양이가 새미의 몸으로 몸을 스치고 지나가다 어느새 잠이 다 깼는지 눈을 뜨고 흔들리는 새미의 풀꼬리를 잡으려 빠르게 뛰어올랐다가 양발로 꼬리를 낚아채려 하고 있었다. 새미의 꼬리는 흔들리고 고등어 고양이는 그걸 잡으려 하고 새미는 부드럽게 움직이고 움직이면서 꼬리는 흔들렸다. 고등어 고양이와 새미는 그렇게 서로 동그라미와 팔자를 그리며 술래잡기 같은 놀이를 했다.

어쩐지 서서히 졸리기 시작한 보미는 천천히 나무로 갔다. 보미는 나무 아래에 팔로 얼굴을 가리고 눕듯이 앉았다. 그러다 보미는 몸을 둥글게 하고 옆으로 누웠다. 풀꼬리는 어느샌가 길어져 보미의 팔과 얼굴을 가려주었다. 잠을 자던 회색 고양이가 보미에게 다가왔고 보미는 풀꼬리를 귀찮다는 듯이 가볍게 흔들었다.

"정말 고양이처럼 굴고 있네."

차미는 웃기다는 듯이 둘을 보다가 보미 옆으로 가 잠이 들었다. 낮잠을 자세요. 모두 졸리다면 낮잠을 자세요. 꼬리를 팔던 가게의 주인들도 어딘가 시원한 곳으로 푹신한 곳으로 가 머리를 누이고 잠을 잤다. 가끔 누군가 일어나 떨어지는 잎을 잡으려 몸을 가볍게 날렸다. 새처럼? 아니 고양이처럼. 고등어 고양이와 놀던 새미도 나무의 그늘이 걸릴 듯 말 듯한 곳에 잠이 들었고 고등어 고양이는 새미의 품속에서 잠이 들었다. 모두 흔들리는 나뭇잎 아래에서 모두 시원한 바람 아래에서 모두 편한 자세를 하고 몸을 길게 뻗거나 몸을 둥글게 말거나 팔 아래에 얼굴을 숨기거나 배를 드러내거나 그렇게 모두 편한 자세를 하고 잠이 들었다. 잠을 자는 것은 좋은 일이고 중요한 일이다.

그렇게 모두들 편한 자세로
모두들 잠이 들었다가
가끔 몸을 움직이며 잠을 자다가

어느샌가 하나 둘
고양이 하나 둘
사람 하나 둘
잠에서 깼고 둥근 곡선의 몸이 되어 기지개를 폈다.

차미는 보미의 얼굴을 핥았다. 보미도 양손을 바닥에 붙이고 손끝에서 허리까지 둥근 곡선이 되어 기지개를 폈다. 먼저 일어난 고등어는 새미의 얼굴을 핥았다. 약간 까슬까슬한 고양이의 혀.

차미는 앞장서서 계단으로 향했다. 계단 옆에는 엘리베이터가 있었는데 우아한 어른 고양이들이 익숙한 몸짓으로 천천히 타고 내리고 있었다.

"엘리베이터는 스무살 이상만 탈 수 있나봐."

보미는 엘리베이터 옆에 쓰여 있는 안내문을 새미에게 읽어주었다.

차미는 빠르게 계단을 오르고 보미는 아직 졸린 새미를 잠시 등에 업었다. 4층은 온갖 둥근 것들을 파는 곳이구나. 슬쩍 지나가면서 4층 안을 보았다. 몇몇 고양이들이 빠르게 공중으로 날아오르고 있었다. 몇몇은 공을 발로 건드리고 있었다. 그리고 몇몇은 공을 따라 뛰었다. 공에 관심이 없는 차미는 모래가 가득한 5층으로 향했다.

5층 문을 열자,

온통 모래.

문을 열자,

전부 모래.

그곳은 넓은, 넓고 넓은 모래밭과 모래언덕과 모래 동산이었다. 몇개의 칸막이로 구분이 되어 있었지만 그럼에도 넓은 곳이라는 것을 잘 알 수 있었다. 이곳이 이렇게 넓은 곳이었나? 여태 보았던 곳들은 좁고 긴 공간뿐이었는데 백화점이 이렇게 넓은 곳이었다니. 차미는 익숙한 듯 총총총 걷더니 평평한 모래밭에 자리를 잡았다. 새미도 차미 옆에 자리를 잡고서는

샤샤샤 샤샤샤

슥슥슥 슥슥슥

북북북 북북북

박박박 박박박

그러다가 다시 두 발을

그러다가 다시 두 손을

두 손을 아니아니 두 발을

아니아니 두 손을 두 발을

모래밭에 대고 위로 향하는 둥근 선을 엉덩이까지 만들며 기지개를 켰다.

그러다가 다시

샤샤샤 샤샤샤

슥슥슥 슥슥슥

북북북 북북북

박박박 박박박

마치 빨래를 하듯이 여기저기에서 고양이들이 집중을 한 채로 집중을 하는 두 눈으로 빨래판에 빨랫비누를 묻혀 흰 옷을 박박 문지르듯이 두 발로 모래를 파고 모래를 문지르고 모래를 긁고 있었다. 모래밭 위에서 구르는 고양이들도 있었다.

샤샤샤 슥슥슥

슥슥슥 샤샤샤

북북북 박박박

박박박 북북북

모래를 파는 소리는 반복되어 울리고 여전히 집중하고 있는 차미의 눈. 새미의 풀꼬리는 가끔 탁탁 하고 모래를 건드렸다. 새미의 풀꼬리는 어느새 치즈 고양이처럼 노란색과 갈색이 섞인 무늬가 되었다.

"차미야 나 고양이 같지?"

차미는 모래를 파느라 정신이 없었다. 보미는 모래언덕에 머리를 대고 지금이 몇시일까 잠시 생각하였다. 세 시간쯤 지난걸까? 고양이 백화점에는 시계가 없다. 졸리면 눈을 감고 간지러우면 눈을 뜨고 배가 고프면 일어난다. 나무 아래에서 잠을 잤지만 백화점에 온 이후로 보미는 자꾸만 졸렸다. 차미와 새미가 모래놀이를 하는 동안 그동안만 잠시 자야지 하고 보미는 생각했다. 고양이들이 모래를 파고 문지르는 박박 삭삭 소리가 점점 멀어졌다. 다시 눈을 뜬 것은 배가 고프다는 생각 때문이었다.

이제 집에 가면 저녁을 먹어야 할 거야. 차미와 세미는 아직 모래놀이를 하고 있었지만 아까보다는 느린 속도였다. 주변을 다 치운 보미는 이제 가자고 차미와 새미에게 말했다. 아쉬운 듯 둘은 마지막으로 모래를 박박박 삭삭삭 파다가 보미를 따라왔다.

5층에서 4층

4층에서 3층

3층에서 2층

2층에서 1층

계단을 내려갈 때에는 늘 차미가 앞장을 섰다. 차미와 보미, 세미가 지나가는 자리에는 모래가 흔적처럼 남았다.

차미의 꼬리도 위로

새미의 풀꼬리도 위로

보미의 풀꼬리도 위로

셋의 꼬리는 위로

셋의 꼬리는 위로 올라간 채로 계단을 타닥타닥 내려갔다. 보미는 손에 남은 모래를 털었다. 백화점의 문은 어디였더라? 이번에는 차미도 문을 한번에 찾지 못하고 1층 여기저기로 움직였다. 또다시 크기가 다른 사각형이 겹친 무늬의 벽이 나타났고 셋은 아까처럼 나란히 서서 벽을 긁기 시작했다. 보미는 새미보다 크고 새미는 차미보다 크다. 셋은 나란히 서서 벽을 긁는다. 그곳이 각자의 자리인 것처럼 한자리에 서서 벽을 긁는다. 보미는 이 무늬를 꼭 기억해두고 싶었다. 집에 가서 다시 그려보고 싶다고 생각했다. 한참을 벽을 긁던 셋은 다시 문을 찾기 시작했다.

맞은편 벽에는 악보가 그려져 있었고 이건 어떻게 읽는

걸까 보미는 잠시 생각에 잠겼다. 악보가 그려진 벽 아래에는 삼각형과 원이 겹쳐진 무늬가 반복되어 있었다. 새미는 한쪽 발을 들고 원만을 밟으며 걷는 놀이를 했고 차미는 가볍게 원과 삼각형이 만나는 부분만을 밟으며 걸어갔다. 그렇게 걷다보니 올 때와는 다른 바닥이 이어졌다. 어느새 나타난 좁은 길을 지나자 백화점 문이 나왔다. 보미는 올 때 세워둔 수레를 끌고 왔다. 차미와 새미를 수레에 앉히고 안전벨트를 매주었다. 차미의 어깨와 배에 벨트를, 새미의 어깨와 베에 벨트를 매주었다. 밖은 아주 약간 어두워졌다. 보미는 저녁으로 무얼 먹을까 집에 무슨 재료가 있었더라 생각하며 수레를 끌며 길을 걸었다.

벽에는 여전히 고양이 백화점 광고 전단이 붙어 있었다.

[졸리면 잠을 자고 낮잠은 중요해.]

[둥근 몸은 부드러워.]

[6층 바닥 귀리로 새로 깔았습니다.]

[언제나 환영합니다. 매일 문을 엽니다.]

전단 끝에는 '당신에게 행복을, 고양이 백화점'이라고 쓰여 있었다. 보미의 옆으로 한 손에는 골든 레트리버의 목줄, 한 손에는 고양이가 든 가방을 든 할머니가 백화점을 향해 걸어갔다.

"고양이 백화점에 개도 가도 되는 거야?"

차미는 잠시 고민하다가, 예의를 지켜야지 그게 가장 중요하지 하고 말했다. 고양이 백화점에 개가 가도 되는지 확실히는 알 수 없었다. 하지만 사람도 갔으니 괜찮지 않을까 생각하였다. 돌아오는 길은 어쩐지 갈 때보다 짧게 느껴진다. 차미 새미 보미는 집에 도착하여 문을 열고 문 앞에서 가볍게 다시 모래를 털었다. 새미는 치즈 고양이의 꼬리를 단 채로 네발로 차미를 따라 방 안으로 걸어 들어갔다. 보미의 풀꼬리도 어느새 회색털이 되어 있었다.

"정말 고양이가 다 되었네."

차미는 둘을 보며 말했다. 그러다 다시 말했다.

"그래도 고양이는 아니지. 고양이는 아무나 되는 것이 아니지."

"그럼 그럼."

보미는 위로 올라간 회색 꼬리를 하고 맞아 맞아 하고 차미의 말에 맞장구를 쳤다. 차미는 만족스러운 표정으로 새미와 보미 사이로 지나갔다. 지나갈 때에는 새미의 다리를 스치며 꼬리로 새미의 다리를 감고 지나갔다. 보미의 다리도 스치며 꼬리로 보미의 다리를 감고 지나갔다. 보미와 새미는 샤워를 하고 욕조에 몸을 담갔다. 따뜻한 물에 몸을 담그자 기분이 편안하고 좋아졌다. 원래도 좋았던 기분이 더 좋아졌다. 다 씻고 일어나 욕조를 보자, 욕조 바닥에 모래가 남아 있었다. 보미와 새미의 몸 어딘가에 모래가 남아 있었나 보다. 보미는 씻고 나와 차미에게 밥을 주고 만두를 쪄서 새미와 먹었다. 밥을 먹은 차미는 기분이 좋은 듯이 다시 새미에게 꼬리를 감으며 지나갔다. 보미는 백화점에서 본 무늬를 기억하여 그려보려고 하였다. 새미는 피곤했는지 바닥에 누워 잠이 들었고 새미의 꼬리는 부드럽게 새미의 몸을 감싸고 있었다.

차미는 그 옆에 누워 고양이 되기란 힘든 일이야 하고 생각했다. 보미는 그 옆에 앉아 오늘 갔던 고양이 백화점을 스케치북에 그렸다. 벽의 무늬는 검은 줄과 검은 테두리의 사각형이 겹쳐 있었고 길은 좁고 긴 길이었다. 길을 지나면 둥근 동그라미가 보이고 나무가 있었다.

"꼬리가 있다고 다 고양이가 되는 건 아냐."
"그럼 뭘 더 해야 해?"
"그러게 뭐를 더 해야 할까. 그게 내가 내는 문제야."

차미가 낸 문제는 세가지였다.

1. 고양이 울음소리 흉내 내기, 수염 붙이기, 꼬리 붙이

기 중에 고양이가 되는데 필요한 가장 중요한 것은 무엇일까요?

2. 고양이 백화점은 어디에 있을까요?

3. 고양이와 함께 있으면 왜 잠을 자고 싶을까요?

고양이 되기란 힘든 일이야라고 차미는 다시 말하며 잠이 들었고 그림을 그리던 보미도 스케치북을 치우고 잠이 들었다. 차미 새미 보미는 나란히 잠을 잤다. 잠을 자는 것은 정말 좋아!

| 작가의 말 |

이 소설을 발표하고 나서 고양이와 함께 사느냐는 질문을 종종 받았다.

그렇지는 않고 차미는 친구의 고양이이다.

차미는 함께 사는 친구를 제외하고는 대부분의 인간을 경계하고 별로 좋아하지 않는 것 같다.

그렇지만 얼굴을 아는 고양이들이 근처에 오면 빨리 밥을 챙겨주라고 애옹 애옹 한다.

나는 차미에게 잘 보이기 위해 이 소설을 썼는데 그런 것이 생각처럼 상대에게 통하기는 힘든 일 같다.

차미는 흰 양말을 신은 턱시도 고양이이다. 오리털 이불과 침대를 좋아한다.

그 외에 내가 아는 고양이들을 소개해보겠다. 물론 그 고양이들은 나를 알 수도 있고 모를 수도 있다.

메이는 새로운 것을 겁내지 않는 용기 있는 회색 고양이이다.

미오는 이 소설 어디엔가 짧게 등장한다. 그렇다고 미오가 회색 캐시미어 니트로 된 것은 아니며, 그의 직업은 과학자이다.

두모는 우아한 표정의 흰 고양이이다. 눈이 무척 크고 독특한 울음소리를 가지고 있는데 그것을 글로 설명하기는 참 어렵다.

꼼이는 손바닥에 들어올 정도로 작을 때 나의 또다른 친구에게 맡겨졌는데 지금은 분홍색 입이 매력적인 큰 고양이로 자랐다.

짱이는 다정한 눈빛을 가진 고등어인데 우리가 머릿속으로 떠올릴 수 있는 바로 그 고등어 고양이이다.

오이는 왜 오이인가. 그의 눈이 초록색이기 때문인데 나는 오이의 눈을 떠올리다 검색창에 'brilliant green eyes' 라고 검색해보았다.

그 외에도 또 생각나는 얼굴들과 이름들이 있다.

나는 가끔 무언가를 바라고 소망하는 마음으로 그것들을 떠올린다.

2020년 4월

박솔뫼

고요함 동물

초판 1쇄 발행/2020년 4월 10일
초판 2쇄 발행/2020년 6월 11일

지은이/박솔뫼
펴낸이/강일우
책임편집/최현우
조판/한향림
펴낸곳/(주)창비
등록/1986년 8월 5일 제85호
주소/10881 경기도 파주시 회동길 184
전화/031-955-3333
팩시밀리/영업 031-955-3399 편집 031-955-3400
홈페이지/www.changbi.com
전자우편/lit@changbi.com

ISBN 978-89-364-3810-4 03810

* 책값은 뒤표지에 표시되어 있습니다.